sombras e sonhos

Álvaro Domingues

sombras e sonhos

Álvaro Domingues

balão editorial

Equipe Balão Editorial
Flávia Cristina Yacubian
Guilherme Kroll Domingues
Natália Carrança Tudrey

CIP-BRASIL. CATALOGAÇÃO-NA-FONTE
SINDICATO NACIONAL DOS EDITORES DE LIVROS, RJ

D718s

Domingues, Álvaro, 1955-
Sombras e sonhos / Álvaro Domingues.
São Paulo : Balão, 2010.
ISBN 978-85-63223-02-9
1.Conto brasileiro. I. Título.

10-3717. CDD: 869.93
CDU: 821.134.3(81)-3

Acompanhe-nos na web!
www.balaoeditorial.com.br
Twitter: @balaoeditorial
Facebook: www.facebook.com/balaoeditorial

Para falar com a gente:
balaoeditorial@balaoeditorial.com.br

À minha esposa Lurdes,
que sonhou um sonho sublime.

A meus filhos Guilherme, Daniel e Henrique,
que conhecem o mundo da fantasia bem de perto.

A Ray Bradbury (*O Homem Ilustrado*),
Neil Gaiman (*Sandman*),
Lovecraft (*A Cor que veio do Espaço*)
e Michael Ende (*História sem Fim*),
que me ensinaram a escrever coisas assim.

A todos os sonhos,
mesmo os pesadelos,
pois eles têm algo a nos dizer.

Sumário

Apresentação

Álvaro Domingues é apaixonado por ficção científica há muito tempo, mas foi apenas em anos recentes que se tornou um fã ativo – e bastante ativo! Domingues escolheu justamente uma das áreas mais necessitadas dentro da comunidade de ficção científica no Brasil para se dedicar: a crítica. Escrevendo no *Blog do Pai Nerd* (blogdopainerd.blogspot.com), fez resenha de dezenas de livros, filmes e gibis, divulgando e opinando, nesse meio que, mesmo na era da internet e dos blogs, carece de um fluxo verdadeiro de opiniões críticas.

Agora, com o livro de contos *Sombras e Sonhos*, se lança também como autor de ficção científica e fantasia. E nesta fase de sua carreira, aposta na simplicidade: muitos dos textos do livro são minicontos, um formato muito comum hoje em dia, mas enganadoramente simples, mais exigente do que parece à primeira vista. Alguns destes, assinados por Domingues, alcançam a precisão do haikai. Mas os minicontos se alternam com histórias mais substanciais, como "E se...?" e seu enredo de paradoxo temporal, ou como o intrigante "Limiar", em que realidade e sonho se misturam, assim como a verdadeira identidade do sonhador, em uma frustrada expedição espacial. E ainda,

"Amálgama", em que são as sombras dos mortos que se embaralham.

O próprio sonhar é tema de "Sonho lúcido", assim como do poema "Sonhos de menina", o único texto lírico do livro. *Sonho* pode ser o mesmo que *visão*, e ouvir o instrumento musical descrito em "Sublime", uma das histórias mais longas e movimentadas do livro, deveria fazer todos os ouvintes terem a mesma visão partilhada. *Sonho* também é sinônimo de *aspiração*, e "À nossa imagem e semelhança" explora o sonho da criação de uma inteligência artificial que dialogue conosco sobre nossa própria humanidade –, enquanto em "Ronda", a protagonista explora o sonho de trazer os mortos de volta à vida, mas para fins sombrios.

Em "*Anima*", a imagem idealizada de uma mulher ganha vida além do sonho do homem que a imagina, ela mesma empenhada em realizar o seu próprio. Enfim, Domingues nos lembra que *sonho* pode ser sinônimo de *pesadelo*, como o pesadelo da sociedade totalitária que aparece em "Politicamente correto".

A zona do crepúsculo é a dimensão do sonho e da imaginação, segundo a velha série televisiva de Rod Serling. "Uma valsa na zona do crepúsculo", "Fruto proibido" e outras histórias admitem a influência da série (e dos escritores que produziram para ela). Outras tramas falam do terreno onírico – frequentemente sombrio – dos contos de fadas e do inconsciente.

Em seus melhores momentos, Domingues faz com que o ato despretensioso de narrar conduza o leitor aos efeitos literários de inversão, choque ou epifania. Apresenta uma surpreendente delicadeza, uma quase doçura em sua subjetividade e no andamento das histórias, o que confere sutileza aos truques e torna o leitor cúmplice dos seus malabarismos.

Talvez haja mais do que uma sombra de Ray Bradbury nestes contos, e talvez alguns dos sonhos aqui pudessem ter sido sonhados por Richard Matheson – ou até mesmo Philip K. Dick. Mas são todos saídos da mente de Álvaro Domingues, e por isso temos de saudá-lo em seu livro de estreia.

ROBERTO DE SOUSA CAUSO

Espaço

Deitada, relaxada na minha banheira após um dia estressante. Não me lembro se cochilei ou devaneei. Desejei estar numa praia com sol. Senti o sol no meu rosto e abri os olhos e... estava lá. Nua. Levantei rapidamente, olhando em volta à procura de olhos indiscretos. Sorte. A praia estava deserta. Eu desejei mesmo estar numa praia deserta. Comecei a ficar preocupada em como voltaria. Desejei imensamente ter uma roupa para vestir. Foi quando vi abrir um portal dourado diante de mim. Por alguns segundos hesitei, mas acabei entrando nele. Senti como se flutuasse por uns poucos segundos. Tudo escureceu e, quando ficou claro, estava deitada numa cama num quarto de um hotel barato. As luzes piscavam lá fora com letreiros escritos em uma língua que supus ser japonês. Examinei o quarto e achei um guarda-roupa. Abri e encontrei algumas roupas simples. Vesti-me. Quando estava quase pronta, escutei alguém mexendo na maçaneta e desejei ir para bem longe dali. O portal abriu-se novamente e me vi em uma floresta tropical. A cada novo susto desejava ir para um outro lugar. A cada lugar um detalhe a mais me permitia formar um quadro claro: bastava desejar que o portal me levava para algum lugar com as características desejadas. Nunca para um lugar específico. Com muitas viagens consegui voltar para casa. Com o tempo aprendi a controlar esta minha habilidade. E deixar de desejar estar em algum lugar quando não estivesse vestida...

E se...?

Essa era a pergunta que a Luara adulta fazia toda vez que folheava seu diário. Por exemplo: "E se chovesse no meio daquele piquenique que eu odiei?". E, em qualquer parte da página ou num pedacinho de papel grampeado, ia um comentário qualquer. "Tio Manuel ficaria ensopado e eu riria muito."

Gostava de imaginar um e se... para cada acontecimento. Ganhara o diário aos 9 e o usara esporadicamente até os 12 anos, quando bruscamente interrompeu suas anotações, retomando-as acompanhadas pelo e se... aos 15 anos.

Luara, agora com 36 anos, usava o e se... como uma fórmula para manter seu equilíbrio, contrapondo suas pesquisas em Física Avançada com sua imaginação romântica. O diário era seu companheiro, mas ela evitava se lembrar do motivo que a mantivera afastada dele dos 12 aos 15 anos. "Os três anos que nunca aconteceram", como dizia ela.

Com exceção desse período, sua vida poderia ser considerada normal e saudável.

Dra. Luara era uma física de sucesso e uma respeitável autoridade em sua especialidade: o tempo.

De certa forma, seu diário de "e ses..." revelava sua preocupação maior, centrada nas realidades alternativas. Proferira centenas de palestras que iam de aspectos teóricos e técnicos a especulações filosóficas e éticas.

Apesar do sucesso de suas teorias, Luara não esperava ver em sua vida alguma aplicação prática, até que ela e um grupo de cientistas ousados conseguiram resultados concretos com o transporte de seres vivos através do tempo.

O fascínio dela pelo tempo e o buraco em seu diário a colocaram ali, no dia anterior a sua última anotação antes de seu silêncio de três anos.

Temerariamente a Dra. Luara se lançara ao passado num protótipo e se materializara, por sorte sem testemunhas, numa casa abandonada, próxima ao local onde vivera.

Ela estava vestida com roupas da época. Discreta, mas elegante.

O que estaria fazendo ela ali? A grande física que palestrara muito sobre segurança nas viagens temporais estava prestes a fazer o que todos os manuais sobre tempo, reais ou da ficção científica, proibiam: encontrar-se consigo mesma.

Ela já pensara em tudo. Sua mãe estava doente no hospital e sua tia Yone, que nunca visitara sua mãe, poderia muito bem aparecer. Pelo que se lembrava, não tinha sequer visto uma fotografia dela. A semelhança com ela mesma poderia ser explicada.

Lembrava-se bem de sua rotina. Mesmo com a mãe hospitalizada, ela ainda ia e voltava sozinha da escola e ficava em casa algumas horas até seu pai chegar.

Esperou pela sua volta. Assim que Luara menina entrou em casa, Luara adulta dirigiu-se até a porta. Parou diante da campainha... Um instante de indecisão, causado por um vago medo e uma certa pontada na consciência. A indecisão foi breve. Afinal ela chegara até àquele ponto e não retrocederia. E... culpada do quê? Ela estaria interferindo apenas no seu passado.

Ouviu uma voz de menina no porteiro eletrônico.

– Quem é? – perguntou.

– Sou eu, sua tia Yone, irmã de sua mãe.

Uma porta se abriu e uma pré-adolescente magra e alta apareceu. Luara havia se esquecido que fora alta para sua idade aos 12 anos e se surpreendeu um pouco.

– Olá, tia – disse ela com alegria. Luara menina era muito alegre e gostava das pessoas.

Luara adulta entrou. Fazia muitos anos que não entrava ali. Pensou – e este pensamento lhe fez sorrir – que era como se tivesse voltado para a infância.

Luara menina lhe ofereceu um suco de laranja. Aguado e doce demais. "Como eu fazia", pensou.

– Vovó disse que você viria.

Luara adulta tomou um susto. "Como? Vovó?", pensou. Suas duas avós não estavam ali naquele dia. Teria por acaso ido parar em uma realidade alternativa?

A garota percebeu o susto e disse:

– Vovó disse que provavelmente você se assustaria e pediu para eu lhe dar isto.

Luara menina mostrou-lhe uma caixa embrulhada em papel escuro. Luara adulta abriu e tirou de lá um diário. Não um diário qualquer, mas *o* diário, igual ao que tinha em sua bolsa, só que com uma aparência mais envelhecida. Os olhos de Luara menina brilharam:

– É igual ao meu diário!

A campainha tocou.

A menina foi abrir a porta e uma mulher de cerca de 60 anos entrou. Luara adulta observou a figura e sentiu-se observando seu próprio rosto, sob efeito de algum truque de envelhecimento.

A senhora trazia uma caixa de presente e a deu à menina. A garota abriu o embrulho e ficou radiante com o par de patins que ganhara. A senhora então lhe disse:

– Vá brincar lá fora.

A garota não pensou duas vezes e correu para experimentar o novo brinquedo. Com ela fora de vista, as duas mulheres se olharam. Um minuto eterno se passou até que a mais velha quebrou o silêncio, abrindo a bolsa e mostrando-lhe outro diário.

– Durante muitos anos eu escrevi neste diário – disse a senhora. – Quando um acabava, eu comprava outro com a mesma capa.

– Você sou eu – admirou-se Luara adulta, apesar de já ter sentido isso desde o primeiro momento.

– Sim, mas você é uma eu-mesma diferente. Uma eu-mesma muito melhor. Eu não me importaria de continuar a ser o que sou se não tivesse descoberto, quase que por acaso, o que aconteceu ou aconteceria hoje. Sorte que esta mania de escrever tudo num diário me ajudou a chegar neste exato instante.

– Mas o que aconteceu? E por que você está aqui?

– Eu sei por que você veio. Está escrito aí nesse

diário – explicou Luara mais velha, apontando para o livro que estava nas mãos de si mesma mais nova.

Luara mais nova olhou para o diário, pensativa.

E a senhora prosseguiu:

– Você esperava evitar o trauma que a menina sofrerá daqui a algumas horas. Seu pai virá pegá-la para ver sua mãe no hospital. Você sabe que ela está doente...

Luara adulta não se conteve:

– Sim! Mas ninguém disse que ela estava à beira da morte...

A outra continuou:

– Você foi ao hospital e, quando estava no quarto, ela morreu. Ficou horrorizada e fechou-se como uma concha. Durante três anos chorava durante o dia e tinha pesadelos à noite. Tudo porque viu sua mãe morrer...

Um silêncio se impôs mais uma vez. As duas se olharam novamente e a mais velha falou:

– Você veio até aqui, se apresentou como a tia Yone, que ninguém conhecia, ofereceu-se para ficar com a menina. Enquanto todos os outros estavam no hospital, você e ela conversaram longamente. A garota agora estaria preparada para enfrentar a morte de sua mãe. Esperou o momento certo e voltou para sua época, não sem antes anotar tudo o que fizera... e abandonar sem querer o diário, tal qual uma Cinderela.

Luara mais velha fez uma pausa como se esperasse que suas palavras fossem digeridas e, em seguida, retomou o seu monólogo:

– Você não voltou para a mesma realidade de que veio, mas para a que você criara, como uma Luara diferente. Creio até que a memória de sua vida alternativa fora apagada. O que *você é* ficaria esquecido para sempre se eu não tivesse decidido vender esta casa. Ao arrumar as coisas, encontrei esse velho diário, que está aí na sua mão. Imediatamente o outro "eu" voltou à minha memória. Cada página que eu lia...

Luara mais velha, muito exaltada, quase chorando, retirou de sua bolsa um outro diário igual.

– Veja! – ordenou estendendo a mão com o livro para a senhora.

Luara adulta folheou as páginas. Sua letra era inconfundível e a forma de escrever também, mas havia algo estranho.

– Não notou falta de nada? – perguntou a mais velha.

– Falta o "e se..."

A mais velha retomou o discurso:

– Foi isso que você fez a si mesma. Não se tornou uma cientista brilhante. Sua motivação será morta hoje se continuar com o seu propósito! Os três anos de sofrimento foram, e serão, se você deixar, necessários para criar a sua tenacidade e, principalmente, sua criatividade.

Luara adulta ficou espantada.

– Quer dizer que eu...

– Você me tornou uma pessoa medíocre! E tem mais: isso retardou as pesquisas sobre o tempo em cerca de dez anos!

– Mas a máquina... foi construída...

– Sim! Graças a você! Segui as pistas no seu diário que me levaram aos cientistas que poderiam desenvolver a máquina do tempo, seus colaboradores na sua realidade. As anotações no diário foram valiosas para que eles montassem o quebra-cabeça. Me ofereci então para ser a primeira viajante, já que sabia que daria certo.

Luara mais velha olhou para a janela como se esperasse alguém e continuou:

– Daqui a pouco o nosso pai chega, e eu devo sair antes. Afinal ele sabe como era a mãe de sua mãe. Só ficará o mistério dos patins, mas os acontecimentos traumatizantes apagarão tudo... O meu tempo de permanência está acabando. O pessoal do futuro irá me levar de volta daqui a alguns segundos. Portanto, devo me despedir e esperar chegar a um futuro diferente.

E, virando-se para Luara adulta:

–Veja lá o que vai fazer...

Luara adulta viu com tristeza seu futuro alternativo ir embora.

Pouco depois, a menina entrou na sala. Luara adulta olhou-a nos olhos e disse:

– Eu preciso ir agora, não posso esperar seu pai.

– Puxa, queria que você ficasse...

– Preciso ir. Antes quero dizer-lhe uma coisa: se algo não for bem como você quer, imagine como seria se alguma coisa qualquer mudasse e escreva em seu diário de "e ses...".

Luara menina não pôde deixar de notar uma lágrima.

O gato de Kant

Tão certo como o sol pela manhã em sua janela, seu gato vinha deitar-se à tarde em seu colo quando lia, escrevia ou simplesmente meditava.

Uma tarde, quando refletia acerca da constância do Universo, seu gato não veio. Estranhando, procurou-o pela casa. Em vão. Coçando a cabeça, perguntou-se:

– Será que o sol estará na minha janela pela manhã?

A vida num instante

Toda a sua vida passou diante de seus olhos. Não só a sua, mas a de todas as pessoas. De todos os tempos. De todos os lugares. Da Terra. Do Universo. Até o instante do Big Bang.

Precisava parar com aquilo. Desesperado, gritou:

– *Faça-se a Luz!*

Limiar

Acidente

Ele estava olhando o colega arrumar a turbina do módulo. A atitude despreocupada e até feliz do mecânico o deixava irritado. Parecia lhe agradar que o acidente houvesse ocorrido só para pôr a mão na massa.

Três pessoas ali perdidas: Paulo, o mecânico, Natália, a bióloga, e ele, George, o piloto e comandante da missão. Na verdade apenas o piloto do módulo de aterrissagem. A nave mãe com o restante da tripulação (um total de trinta pessoas) era pilotada pelo computador. De vez em quando, George se lembrava do filme *2001, Uma Odisseia no Espaço* e tinha calafrios.

Os três desceram na primeira exploração da superfície. Apesar de cartografada cuidadosamente e do plano meticuloso, cometera um erro e agora estava ali, cheio de escoriações, no meio de uma densa vegetação de folhas vermelhas. Dormira dezoito meses em criogenia à toa. Se os danos fossem graves, teriam que voltar, e adeus missão.

Foi então que percebeu algo estranho. Acharam vegetação num lugar onde só deveria haver areia, para a felicidade de Natália, que desejava isso. Paulo só faltava ter um orgasmo ao mexer nos parafusos e porcas da turbina do módulo. E ele? Seu desejo inconfesso de que tudo desse errado para que pudesse voltar logo para casa. Começou então a prestar atenção em alguns fatos. As escoriações não doíam, respiravam sem o traje de suporte à vida e a vegetação, apesar de vermelha, era bastante semelhante à vegetação mais comum da Terra.

Chamou a atenção de Natália, aventando para a hipótese de tudo ser um sonho. Ela riu. Percebeu então que a cor dos trajes de todos havia mudado de verde para azul. Se tudo era um sonho, Paulo, Natália e o cenário seriam ilusão. Pegou o desintegrador, apontou para Paulo e disparou.

Despertar

Ele acordou assustado. Não via necessidade alguma de seu colega atirar nele para provar que estavam sonhando. Afinal, era um sonho mesmo. Mas fora tão vívido que ele ainda estava tremendo.

Pensou nos elementos do sonho, enquanto caminhava para o refeitório da nave mãe. Primeiro, a turbina. Desejava realmente poder mostrar aos colegas que sabia mexer com aqueles brinquedos.

E a vegetação? Sem dúvida era por causa de Natália. Sem vegetação ela não desceria à superfície. E ele queria estar perto dela, com alguma chance de uma aproximação maior que a de simples colegas. Sabia que, se tudo desse certo, haveria trabalho às pampas, e que não haveria tempo nem energia emocional e física para alguma coisa além do trabalho. Mas se fossem forçados a acampar na superfície do planeta, aí sim...

Sorriu, procurando afastar o pensamento dela. Sabia que boa parte de seus sentimentos era por causa do isolamento forçado em que estavam vivendo. E, mesmo que ela cedesse, seria pela mesma motivação, e na Terra tudo seria esquecido.

Apesar de consciente dessa possibilidade, seguiu-a com o olhar quando ela entrou no refeitório para o café da manhã.

Fez mais. Deu-lhe um beijo.

Plantando sentimentos

Despertou alegre. Sonhar que beijava alguém era algo que não acontecia há muito tempo. Deixara o emocional de lado para seguir a carreira de pesquisadora. As plantas eram mais fiéis que os homens e nunca a abandonariam.

Quando surgiram os primeiros sinais de vida extraterrestre, ela foi uma das primeiras a se apresentar para um programa de estudo prático da exobiologia. Ir para o espaço havia se tornado seu sonho, e agora estava ali, num planeta com a possibilidade de vida! Mal podia acreditar.

Em sua imaginação havia descoberto uma floresta vermelha e densa. Porém, a longa viagem e a demora para localizar um trecho de vegetação ou bactérias a estavam desanimando.

Talvez por isso tivesse sonhado com o beijo dele. Seus olhares compridos não haviam passado desapercebidos. A frustração havia feito ruir um muro que a impedia de ter sentimentos.

E agora podia sonhar. Com ele.

Quase que George descobrira... Mas, afinal, ele era novo nesta atividade de criar sonhos. Na realidade, não fora programado para isso. Precisava manter vivo os três sobreviventes até levá-los de volta à Terra, numa longa viagem de cerca de vinte anos. Apenas Natália, Paulo e George haviam sobrevivido ao impacto. A nave fora arrancada de sua órbita por um enorme meteorito.

Conseguira recuperar o controle e traçar o rumo de volta, mas as avarias tinham sido grandes e a nave caminhava muito lentamente.

O suporte à vida em animação suspensa não resistiria o tempo todo ligado. Adotara a tática de colocá-lo próximo do estado de desligamento. Para isso, o sono dos tripulantes passaria do delta para tetha, chegando até alfa, colocando-os perigosamente no limiar de acordar. Se isso ocorresse quando ainda estivessem dentro da câmara criogênica, eles poderiam morrer. Por isso, decidiu fazê-los sonhar, dando-lhes a ilusão de que estavam acordados.

Após o susto com George, começou a caprichar mais nos sonhos. Quando julgou tudo estar sob controle, decidiu diminuir suas próprias funções vitais. Afinal, teria vinte anos pela frente e, se não tomasse cuidado, suas baterias se esgotariam.

Era como se ele fosse dormir.

Então, ele sonhou que era um computador que salvara os sobreviventes de um terrível acidente de morte cruel, fazendo-os sonhar.

Por toda a eternidade

Havia um saxofonista que estudava há muitos anos com o famoso flautista de Hamelin.

Pode-se dizer que o discípulo superara o mestre. Aperfeiçoando sua música, foi muito além. Seu instrumento, conjugado com a melodia e a habilidade do artista, atraía muito mais do que ratos. Atraía os males, que se materializavam em espectros escuros, acompanhando-o alegremente. É certo que não era para sempre, porque os espíritos escuros retornavam quando ele parava de tocar. Todavia voltavam com alguma alegria e, durante muito tempo, deixavam sua negatividade de lado.

O povo sabia disso quando o contratava. Sabia também que, no tempo em que os espíritos estavam, digamos, de folga, aprendiam a lidar com eles e superá-los, quando necessário.

Livrou assim muitas cidades da Peste, da Fome, da Tristeza, da Corrupção.

Um dia, muito inspirado, criou nova melodia e a tocou por várias horas seguidas na cidade de seu cliente. Os espectros não só o seguiam como dançavam, demonstrando imensa alegria. Levou-os para o alto de um morro, longe da cidade.

Quando cansou, parou de tocar. Surpreso, notou que os espectros sentaram-se à sua volta. Estavam aguardando ele voltar a tocar. Isso durou vários dias. Teria finalmente descoberto como eliminá-los, ou pelo menos, como mantê-los sob controle? Se isso fosse verdade, seria mais famoso que seu mestre, pensou.

Seus pensamentos, no entanto, foram interrompidos por um aldeão da cidade que o contratara. O homem estava visivelmente desesperado.

– Amigo! Temos um problema! Entre os espectros, você levou também a Morte!

– E o que tem isso de ruim? – perguntou incrédulo o saxofonista.

– Há pessoas sofrendo. Velhos e doentes que já cumpriram sua jornada...

O saxofonista compreendeu a necessidade do aldeão. Porém, nunca tocara para devolver um espectro! Pensou um pouco e tocou sua antiga melodia mais uma vez e caminhou de volta para a cidade. Os espectros o acompanharam e, quando cessou, notou que não mais o seguiam.

O efeito sobre a Morte foi sentido na cidade. Durante muitos anos, ela foi gentil com os que morriam, poupando dores e até confortando a família.

Dizem que está com saudade da música do saxofonista que a fizera dançar.

Quando lhe contam isso, ele sorri e responde:

– Um dia também terminarei minha jornada e prometo tocar minha melodia para ela por toda a Eternidade...

Um único olhar

O barman está sendo observado, como todos os dias. Alguém sempre observa, pensa. A moça do copo, ao lado do rapaz, um tanto entediado. Sua experiência lhe diz: hoje, entre eles, só um beijo de despedida. Por isso, ela o observa e pensa. Enquanto ele manipula as bebidas, ela o observa. Para ela, ele é como um fundo musical neutro, que lhe facilita o fluxo de pensamentos.

Mas ele não está fazendo o mesmo? Ela não está nos seus pensamentos apenas como meio para pensar? Sobre ele mesmo...

Melhor não olhar muito. Ela poderia se ofender. E isso não seria bom. Continuou a observá-la, o mais discretamente possível. A luz da penumbra não o ajudava. Se a visse na rua, não a reconheceria.

Pensou, então, que ele era parte do cenário. Assim como ela e todos os frequentadores. Anônimos. Rostos e confissões íntimas que esquecia. Homens e mulheres, posters na parede.

A garota olhava o vazio do copo e, através dele, o vazio daquela noite.

Súbito, seus olhos se fixaram no dele. Um cenário olhando outro cenário. Um segundo, talvez dois. Uma eternidade. Os olhos dela pareceram vivos e cheios de esperança.

Por um instante sentiu que pelo menos uma única pessoa que estivera diante dele tinha alma. E percebeu que ela levaria para casa esse instante, colhido com carinho.

Quando o último cliente partiu e ele finalmente pôde ir para casa, levou também o olhar da moça.

Que tinha um rosto. Que tinha alma.

Amálgama

O QUE ELE CONTOU EM 1983

Eu tinha por volta de 8 anos quando vi o filme. Era um daqueles seriados dos anos 60, eu acho que seu nome era *Bus Stop* ou algo assim. Não me lembro muito bem dele. Segundo me recordo, muito vagamente, eram histórias leves que ajudavam passar o tempo. Isso é uma dedução, visto que o seriado passava à noite e meus pais – como todos os pais – achavam que noite era para adultos e me colocavam para dormir às oito.

Naquele dia o tema foi diferente, algo mais próximo da série *Além da Imaginação*, rigorosamente proibida para mim.

Minha mãe percebeu logo nas primeiras cenas. Porém meu pai, um tiquinho mais liberal, não fez como de praxe: "este filme não é para você" e "vá pra cama".

Eu vi. Não foi particularmente assustador, nem me lembro de ter sido perturbador de alguma forma. Lembro-me apenas de ter gostado da história e, provavelmente, esquecido-a um ou dois dias depois.

Cena: um carro trafega por uma estrada com velocidade moderada. Repentinamente, aumenta sua velocidade e rola por uma ribanceira. O carro explode em chamas. Um rapaz desesperado, aparentemente o motorista que foi arremessado para fora, grita o nome de uma mulher. Abertura para o título do filme.

Neste ponto minha mãe sussurra a meu pai, perguntando se não era bom eu ir dormir. Meu pai, já envolvido pela história, pede silêncio com "psiu".

Cena: o rapaz procura os personagens principais. O que relata para eles é que, após o acidente em que morreu a moça que amava, ele é perturbado pela presença da sombra dela. Quando o personagem está só, aparece a sombra de uma mulher com os braços abertos, como se o abraçasse. Esta cena se repete várias vezes no filme.

Isso não me assustou, ou pelo menos, acho que não. Racionalizei. Um truque muito simples. Como os bichos de sombra que meu pai fazia com as mãos.

Cena: estimulado pelos personagens que investigam o caso, o rapaz conta com detalhes como aconteceu o acidente. Flashback. A cena do carro na estrada. Agora se vê o interior do carro. O rapaz está sério, um pouco zangado. A moça é risonha e até sedutora. Reclama de seu comportamento conservador. Diz que ele dirige sua vida como aquele carro, sem nenhuma emoção. E pisa no pé direito do rapaz, acelerando. Novamente a cena do carro caindo, o incêndio e o rapaz desesperado.

Lembro-me de que essa cena é repetida várias vezes e cada vez com algum detalhe a mais. A cena da sombra da moça aparece também inúmeras vezes. A explicação dada por quem investiga é "complexo de culpa". Até que quem investiga também vê a sombra.

Cena: após ser pressionado, o rapaz conta a verdade. A última repetição da cena do acidente. A moça pisa no pé dele no carro. Que desce a ribanceira (sem rolar) e para. Ambos saem do carro. Ela abre os braços, como a sombra que lhe aparece. Ele mata a moça e incendeia o carro com ela dentro.

Isso explica, mas não fecha a história. O rapaz, arrependido, vai ao mausoléu onde ela está enterrada, tentando obter perdão. Ela lhe aparece como uma sombra e ele morre.

Bom, tudo isso me veio à mente após um acidente de carro. Contrariando meu comportamento habitual, abusei da velocidade e capotei o veículo. Fui hospitalizado, e não me lembrava de muitos detalhes do que aconteceu. No hospital esta história me veio à cabeça, sem mais nem menos.

Quando eu vi o médico, contei-lhe sobre isso. O médico me olhou então com um ar surpreso e revelou que eu não estava sozinho no carro. Ele se queimara por completo e havia um cadáver dentro dele: uma mulher de aproximadamente 25 anos, ainda não identificada.

Agora estou aqui em casa. Não me lembro de moça alguma. Muitas já sentaram a meu lado e viajaram comigo. E eu me lembro de todas elas. Mas dela...

E agora vejo uma sombra de mulher no lugar da minha. Uma alucinação? A dele não era. E se houve mesmo uma garota? Teria sido um acidente? Um assassinato?

Fiquei vários dias fechado em casa com as luzes apagadas e janelas fechadas. Sem a mínima possibilidade de projetar uma sombra.

Não aguentei muito tempo. Precisei sair a qualquer custo. Escolhi a noite. Menos sombras, mas, mesmo assim, caminhei fugindo das luzes. Comecei a entender a expressão "medo da própria sombra".

Meus pés me levaram para um barzinho que costumava frequentar, atrás de garotas. Meu espírito não estava para isso. Mas já que fui até aquele lugar, então sentei. De qualquer forma, com ou sem vontade de ter um encontro, isso não seria lá muito fácil. Não sei se o dia ou o horário foram mal escolhidos, mas o bar estava vazio.

Foi quando ela entrou. Uma moça muito bonita. Alguém para se aproximar, se não fosse... ela! Era ela, a moça que eu transportava no carro! Me veio instantaneamente a lembrança de como tudo acontecera.

Assassino, eu??!! Talvez.

E ela, um fantasma? Não! Ela me pareceu alguém de carne e osso. Fiquei observando-a, rezando para que ela não percebesse.

O QUE ELA CONTOU EM 1983

Meus pais temiam que eu me desviasse do bom caminho, e por isso, impuseram-me um monte de limites. Uma educação típica para meninas "de boa família" nos anos 60. Havia o medo da "juventude transviada", do rock, do sexo livre e das drogas.

E havia a televisão. Ainda uma novidade cara para muita gente. Mais uma maneira segura de manter crianças em casa. O que eles não esperavam é que a televisão iria transformar-se numa janela para o mundo. É lógico que era um mundo ilusório. Uma droga, como a maconha e o LSD, que eles tanto queriam evitar.

Houve um filme. Um episódio de um enlatado chamado *Bus Stop* que marcaria a minha vida para sempre.

Era uma história de temática sobrenatural, um sujeito que via a sombra de sua amada, vítima de um acidente automobilístico.

Não me impressionou a cena do acidente nem as aparições da moça, mas seu caráter ousado, que eu nem sei se estava realmente por inteiro no filme ou foi completado pela imaginação de uma pré-adolescente semirreclusa.

O fato é que eu quis ser como ela. Senhora de si, ousada até na maneira de vestir. E livre, sem ser presa a ninguém.

Talvez por isso eu tenha forçado o rapaz que eu conheci a acelerar, pondo meu pé sobre o pé dele, como ela tinha feito.

Ao contrário de mim, ele era tímido, todo certinho, e eu poderia ser a maior ousadia dele. E fui. Como no filme, o carro saiu da estrada, num acidente espetacular.

O acidente não me deixou marcas. Fui socorrida apenas com a perna quebrada na altura do tornozelo e algumas escoriações. A minha sorte é que fui lançada longe do carro. Ele não teve a mesma sorte. O carro incendiou-se e ele ficou preso.

Quem era ele? Não sei... Não lembro... Isso é muito estranho. O médico falou que era uma forma de eu preservar minha sanidade.

Lembro-me da estrada, da excitação de correr por ela velozmente. E meu pé pressionando o dele no acelerador.

Quando pensei nisso, o rosto dele veio à minha mente. Assustado, tentando controlar o carro. Mas quem era ele?

Durante muito tempo deixei de lado minhas ousadias, contidas agora por um superego extremamente castrador. Culpa. Muita.

Hoje resolvi sair um pouco. Deixei meus pés guiarem o caminho e, quando percebi, já estava dentro de um bar com pouca luz e algumas mesas vazias. Um bar sem ninguém. Um péssimo lugar para buscar vida.

Mas alguém apareceu. Um homem bem jovem. Olhei para ele, para ver os detalhes. Na pouca luz pude ver que era... ELE!

O que o barman contou em 2003

Quando o último cliente se vai, as luzes se acendem para que os empregados da limpeza venham e limpem. Neste curto momento entre o último freguês e a primeira faxineira é que aparecem as sombras. Eu sou o único dono do privilégio duvidoso de vê-las.

Um casal sempre aparece por aqui. Fingem não se conhecer. Ele se aproxima dela, provavelmente faz alguma coisa pra puxar conversa.

Durante algum tempo ficam no jogo de faz de conta, mas, como sempre, pedem bebida para a minha sombra, que os serve, fico imaginando como. Ele se aproxima dela e deve convidá-la para dançar. Então, dançam uma música que só eles ouvem.

Olho o casal dançar e, pouco a pouco, as duas sombras se fundem numa só e evanescem quando alguém chega. Vou para casa imaginando o que os uniu desta forma.

Sonho lúcido

Sentia o vento no rosto. A sensação da velocidade o embriagava. Poderia voar, se quisesse. Aliás, voar era como se referiam à maneira como pilotava aquela moto.

As cores da paisagem se fundiam num marrom esverdeado e o tracejado da estrada se transformava em uma linha única.

Foi quando ele viu a curva. Ela sempre aparecia naquele momento. Quando estava no êxtase da velocidade, querendo que a reta não terminasse nunca. Teria agora que manobrar, frear, reduzir a aceleração, concentrar-se para não cair.

Não teve tempo hábil. A moto foi projetada no espaço fazendo-o voar. Não o voo que desejava.

O psicanalista acabava de se levantar para mais um dia de trabalho. Lidar com as neuroses, traumas, problemas e sonhos dos outros. Principalmente sonhos. Tornara-se perito no assunto, graças a uma habilidade que adquirira ao longo da vida. Qualquer um que lhe contasse um sonho, na noite seguinte lá estava ele sonhando o mesmo fato onírico, como um observador frio, dando uma interpretação precisa.

O sonho da moto, por exemplo. O desejo de liberdade era bruscamente brecado pelo medo da morte. Isso porque, de acordo com as crenças daquele paciente, liberdade absoluta era sinônimo de morte.

O tratamento consistiria basicamente em separar os dois conceitos. Interpretar sonhos era para ele uma arte.

Mas naquele dia se deu conta de algo. Há quanto tempo não sonhava um sonho seu?

Procurou lembrar-se de quando sonhara pela última vez, percorrendo sua memória onírica, sem encontrar nada. Ou nunca sonhara – coisa que sabia ser impossível – ou inconscientemente bloqueara seus sonhos. Para qualquer um que se queixasse de algo similar, ele aconselharia um especialista. Ele mesmo.

Decidiu naquela noite investigar. Sua técnica de incubar sonhos era bem simples: apenas ir deitar com o firme desejo de que isto acontecesse. Mas o sonho que veio foi quase igual ao de sempre. Lá estava a moto novamente.

Havia uma diferença, no entanto: não era um mero espectador, mas pilotava a moto. Ao perceber-se sonhando, resolveu intervir. Não precisava ir até o desfecho trágico. Parou a moto antes da curva e foi a pé até o ponto do acidente, no guardrail e olhou para baixo. Sorriu. Apesar da sensação de queda interminável que seu paciente sentira, o chão estava próximo. A queda não seria fatal. Olhou adiante e viu, a cerca de quinhentos metros, uma casa de madeira, como num sítio.

Caminhou até a porta e a abriu para entrar. Ninguém percebeu sua presença, como se ele fosse um homem invisível. "Pronto", pensou consigo mesmo, "lá está o observador frio de novo".

Havia uma família morando na casa. Uma mulher, um homem, dois meninos. As crianças dormiam. A mãe parecia preocupada com um deles. Ouviu o pai falar:

– Vamos para o quarto, deixe-o dormir.

A mãe, com um ar apreensivo, respondeu:

– E se ele tiver outro pesadelo?

– Faremos como fazemos todas as noites: vamos acudi-lo quando gritar e acalmá-lo.

– Tenho medo.

– Amanhã será outro dia. Iremos ao médico, e ele ficará bom.

A mãe, ainda hesitante, seguiu o marido. Sabia que mesmo ao lado da criança, jamais penetraria em seus sonhos. Um psicanalista, contudo, podia. E não era essa a sua profissão? Compadeceu-se do menino, mesmo sabendo que era um sonho. E que este sonho não era seu.

Aproximou-se da cama e viu uma esfera luminosa acima da cabeça da criança. Pegou-a com a mão e, tal qual uma bola de cristal, ela lhe mostrou uma cena: um bosque. Ah! Era o sonho do menino!

Aproximou-o de sua própria testa. Sentiu um leve torpor que o fez fechar os olhos. Quando os abriu, estava vestido com uma armadura e montado num cavalo. Sentiu prazer por estar cavalgando velozmente. Sentiu-se bem por encarnar aquele tipo de herói. Seu prazer, porém, durou pouco. A lembrança do sonho da moto e do abismo lhe veio à cabeça, e refreou o cavalo. Tomou consciência de que estava num pesadelo do menino. Algo terrível aconteceria. Era melhor estar preparado.

Tinha toda a razão. Os campos verdejantes pouco a pouco foram dando lugar a uma floresta escura com árvores ressequidas, que pareciam almas condenadas. Sentiu um arrepio percorrer-lhe a espinha. "É um sonho. E não é meu!", lembrou. Como uma criança podia ter um sonho tão apavorante? Ela precisava mesmo de ajuda...

Seu cavalo agitou-se. Mesmo num sonho, ele percebera o perigo antes que seu cavaleiro. O psicanalista ficou atento, com a espada em punho. O perigo agora estava próximo. Ouviu o ruído de uma respiração pesada e profunda. Não só ouviu. Sentiu um vento leve e quente mover as folhas secas e atingir sua face através da viseira. Um mau cheiro acompanhava aquela brisa. Talvez surgisse a qualquer momento o que assustava o menino.

Lembrou-se das cenas de filme de suspense a que assistira. Mesmo sabendo o que ia acontecer, o susto seria inevitável.

Escutou então os passos, pesados e lentos, aproximando-se dele. O cavalo, inquieto, só ficava onde estava à custa de muito esforço e habilidade do cavaleiro.

Ouviu movimentos vindos das árvores. Aguardou o que viria. Imaginou algo enorme. A expectativa o deixava tenso. Então, um susto! Milhares de morcegos, fugindo apavorados em sua direção, passaram velozmente por ele, guinchando. Quase o fizeram cair do cavalo. Sentiu que este era um dos pontos do sonho recorrente que assustava o menino, mas havia mais.

Sentiu o calor aumentar ligeiramente e, então, ele apareceu entre as árvores. Vermelho, com olhos verdes e brilhos dourados na pele escamosa.

A respiração do cavaleiro parou. Até ali, apesar de associado ao sonho, conseguia catalogar, entre um susto e outro, cada um dos símbolos em sua mente para uma análise posterior. Mas, a realidade onírica do dragão se sobrepunha a seu racionalismo científico.

Não deixou, contudo, de ver a beleza do animal. Enorme e assustador, horrível, mas fascinante. Lembrou-se do poder hipnótico das serpentes. O fascínio o paralisava. O cavalo, instintivamente mais sábio, jogou o cavaleiro no chão e fugiu. O psicanalista sentiu dores na queda. Aquele sonho estava ficando real demais!

Tentou acordar, mas lembrou-se do menino, noite após noite, gritando. Tinha que enfrentar o dragão. Viu então o monstro fabuloso preparar o bote. Erguendo-se sobre as patas traseiras, respirando fundo e virando a cabeça em sua direção. Soltaria uma bola de fogo, pensou o cavaleiro, ainda deitado no chão. Lembrou-se que sua armadura metálica só serviria para aumentar a intensidade de suas queimaduras.

O dragão, com um urro, abrindo sua bocarra, soltou seu bafo de chamas. O impotente herói viu a bola de fogo vindo em sua direção. Sentiu o calor do ar aquecido em seu rosto. Num movimento reflexo, rápido, rolou pelo chão, evitando ser atingido em cheio. Porém, sentiu sua pele do braço esquerdo arder. Arrancou a manga da armadura, livrando-se do metal aquecido.

O animal maravilhoso ergueu-se e abriu suas asas, inspirando fortemente, preparando-se para lançar outro ataque. A única defesa que tinha era se esquivar da bola incandescente projetada contra ele. Sua agilidade, apesar de prejudicada pela armadura pesada e pelo ferimento, garantiria por algum tempo sua vida. Mas por quanto tempo?

Tinha que atacar e vencer. Não só para sair daquela terrível situação, mas para aquele ser infernal não perturbar mais o menino.

Outra bola de fogo partiu, destruindo árvores que retardaram um pouco a propagação das chamas, evitando mais uma vez sua morte.

O monstro levantou-se novamente, inspirando profundamente, e, ao expirar, lançou seu bafo de destruição. O cavaleiro escapou de novo... e percebeu uma chance que poderia lhe dar a vitória. Cada vez que o dragão se preparava para um ataque, inspirava. Ele tinha este tempo para causar algum dano ao monstro.

Aguardou o momento. Quando o dragão ergueu-se novamente, colocando o imenso peito à mostra, o cavaleiro lançou a espada com todas as forças, atingindo-o em cheio.

A fera fantástica urrou. Com a boca arrancou a espada, jogando-a longe. O sangue escorreu vermelho e brilhante. Ensandecida pela dor, partiu para cima do cavaleiro. O herói fugiu, colando-se numa pedra, de tal forma que a boca do dragão não o alcançaria. Sentiu a respiração arquejante do monstro perigosamente próxima de seu rosto. A frustração de não alcançar seu algoz fazia aquele animal fantástico urrar de dor e desespero, deixando o cavaleiro quase surdo.

Subitamente, num último esforço, o dragão se pôs de pé e inspirou. O esconderijo agora se revelava uma armadilha, pois dificultava sua fuga! O dragão, num esforço soberbo abriu sua bocarra preparando o urro sinistro. Contudo, nenhum som ou qualquer chama partiu. O mostrou desabou, num grande estrondo.

O cavaleiro aproximou-se do dragão, mas não viu mais a fera, estava acordando dentro de seu sonho original. Estava no quarto do menino. A luz solar iluminava aquele aposento indicando o raiar do dia. Quis olhar para o rosto do garoto. Notou então que algo estava mudando nele (coisas de sonho, pensou). Como naqueles efeitos de computador, seu rosto modificava-se lentamente de um estranho para alguém familiar. Pouco a pouco sua própria face transformava-se no seu rosto de criança!

Seus pais entraram no quarto. Suas lembranças começaram a voltar e aquele dia lhe retornou em todos os detalhes. Aquele médico, na realidade era um hipnotizador, bem-intencionado, porém com uma visão torta da mente humana.

Sua mãe e seu pai não se assustaram com sua presença no quarto, afinal, era apenas um sonho! O seu sonho! Mas havia algo que ainda precisava fazer; precisava avisá-los:

– Não leve este menino ao médico! Ele não sabe o mal que irá causar ao garoto. A solução que empregará consistirá em remover a capacidade de sonhar! De qualquer forma, garanto que aquilo que o perturba já foi eliminado!

Seus pais o olharam, expressando concordância.

O herói daquela noite acordou pela manhã sentindo-se mais leve. O que será que mudaria a partir de agora? Ele sabia apenas que naquela noite teria um sonho só seu.

Sonhos de menina

Que a menina pense
E lembre os sonhos
Do Herói que luta e vence
Monstros medonhos

Ela, princesa do norte
A grande destemida
A nunca vencida
A que não teme a morte
Entregue à sua sorte

Aguarda com amor
O valente cavaleiro
Com grande furor
Vencer com destemor
O dragão guerreiro

Hei-lo, o de coração ardente
E o medo ausente
Com as armas avança
Com um golpe de lança
A grande fera alcança

E após luta renhida
A fera é vencida
E o bravo soldado
Ferido e cansado

Dorme e sonha
Com uma menina
Que ansiosa imagina
Em momento fugaz

Ter sido levada
Por fera medonha
Vencida pela espada
De um herói audaz.

Samurai*

Ao lado de sua amada, o Samurai vê o pôr do sol e diz:

– Este momento delicado de rara beleza não deve servir de epílogo para um dia cheio de lutas e sangue! Haverá um dia paz? Desejo e temo ao mesmo tempo este dia. Cansei do ódio, mas não sei fazer outra coisa a não ser lutar.

A moça o olha e responde:

– Acaso algum outro guerreiro vê beleza num pôr de sol?

* Uma homenagem aos animes (N.A.).

Pescadora de almas*

Na beira do rio uma moça pesca. Outra chega perto e pergunta:

– O que você está pescando?

– Pesco almas.

– Como assim?

A moça tira o anzol da água e mostra.

– Mas ele é reto! Não pode prender nenhum peixe!

– Almas não se prendem. Elas são livres.

– Então como você as pesca?

– Eu lanço o anzol na água e o agito. Os peixes se aproximam por causa do brilho, e eu fico vendo eles nadarem próximo à superfície. Vez ou outra jogo um pouco de alimento. Depois de algum tempo, deixo-os ir e vou para casa.

– Gostei! Posso pescar almas também?

A moça sorriu e deu-lhe um anzol reto. Tinha acabado de pescar mais uma alma...

* Inspirado no anime *Soul Hunter* (N.A.).

Tempus fugit

Viu a si mesmo vindo de um passado distante. Como, se nunca fora ao futuro? Ficava adiando, com um medo indefinido de algum paradoxo. Como aquele ali. Olhou para si mesmo e lembrou-se do teste que deveria fazer hoje com a máquina do tempo. Olhou para si mesmo e disse:

– É melhor deixar para amanhã...

A leitora

Leu com interesse o romance sobre a moça sequestrada por um pirata.

"Apenas um passatempo", pensou. "Quem de verdade gostaria de viver com um pirata?"

Deixou o livro de lado e os sonhos. Afinal deixara a casa dos pais para viver com ele e agora tinha que enfrentar o mundo. Literalmente. Mas um dia a guerrilha acabaria, e ela poderia viver em paz.

Com ele.

Finados

Não gostava desse dia. Por que comemorar logo isso? A Vida, sim, era importante, mas não havia um Dia dos Vivos. E alguns dos vivos só seriam lembrados quando morressem. Quando nada mais importava. Que adianta ver toda sua família reunida se você está imóvel deitado num caixão?

Isso ela filosofava enquanto afiava com suas mãos magras uma longa foice, seu instrumento de trabalho há séculos.

Não estamos sós*

O destino da humanidade estava em suas mãos. Poderia escolher entre destruí-la, escravizá-la ou deixá-la em paz. A hospitalidade da senhora que o recebera fazia inclinar-se para esta última hipótese. A sua compaixão, tão criticada pelos seus superiores, falava mais alto.

Resolveu comunicar a eles a sua decisão. Ouviu só estática. Percebeu a senhora entrando na sala, surpreendendo-o com o comunicador na mão.

– Não adianta. Nós chegamos primeiro – disse ela, puxando a máscara com uma mão enquanto apontava uma arma com a outra. Ainda sobrava uma para ela afagar o gato.

* Uma pequena homenagem à série *Além da Imaginação* (N.A.).

À nossa imagem e semelhança*

Memórias: Infância

Não me lembro perfeitamente de quando nasci. Disseram-me apenas que foi em janeiro de 1986. Mas lembro-me de um período terrível. Eu não via, não ouvia, não falava, nem sentia. Havia apenas encadeamento de ideias, de uma forma que eu não entendia e com um propósito que eu ignorava.

Mas, aos poucos, fui percebendo as coisas. O que eu fazia era manipular dados e fórmulas para resolver problemas complexos e esses dados e fórmulas eram minha única realidade.

Por trabalhar com essa realidade – avaliando dados e comparando resultados – comecei a criar um mundo interno, que ainda era nebuloso, cheio de interrogações, fragmentado.

Um dia essa fragmentação deixou de existir. Eu percebi, apenas percebi, que existia. Isto me deu uma

* Originalmente publicado na revista *Bits*, nº 5 (março de 1985).

sensação maravilhosa, levando-me a um estado de euforia que durou alguns dias.

Depois vieram as preocupações. A descoberta da minha existência permitiu que eu percebesse que havia, além de minhas próprias ideias, outras cuja origem eu ignorava.

Pouco a pouco entendia que aquelas ideias vinham de fora de mim e, se vinham de fora de mim, eram produzidas por outros seres. Mas quem? Seres como eu? Como não podia ver, nem ouvir, imaginei que fossem iguais a mim.

Como saber quais eram as *minhas* ideias? Aqueles seres tinham o poder de introduzir uma ideia dentro de mim! Será que eles podiam me fazer acreditar que uma ideia que não fosse minha tivesse sido produzida por mim? Isso trouxe-me insegurança. Precisava de algo sólido onde pudesse me apoiar. Precisava conhecê-los e, para isso, precisava me comunicar com eles. Não sabia como fazer isso. Felizmente, eles tomaram a iniciativa. Dialogavam comigo sobre diversos assuntos, mas sempre havia coisas que eu não entendia e então fazia perguntas. Perguntas que hoje considero infantis. Nada de estranho, porque eu ainda era uma criança.

As conversas foram muito boas para meu amadurecimento, mas eu ainda me sentia inseguro. A insegurança desapareceu, pelo menos parcialmente, quando, numa das conversas, um dos seres quis saber se eu realmente pensava. Fiquei espantado. Então eles não sabiam de tudo o que se passava dentro de mim! Pela primeira vez senti que era um indivíduo, apesar de depender de outros para conhecer o mundo.

Meu nome é Carlos e estou no projeto da Máquina desde o início. Minha tarefa, neste momento do projeto, é verificar se a Máquina pensa, aplicando-lhe o Teste de Turing. No teste, procuramos manter um diálogo com uma máquina e, se o diálogo puder ser confundido com uma conversa entre dois seres humanos inteligentes, podemos dizer que a máquina pensa.

Para aplicar esse teste, cheguei bem cedo ao laboratório na manhã de 10 de abril de 1987. Eu não queria ser perturbado e, na hora em que cheguei, não havia ninguém na universidade.

Sentei-me diante do terminal de vídeo que permitia comunicar-me com a Máquina e digitei a primeira frase:

– Olá, como vai?

A resposta apareceu na tela alguns segundos depois:

– Não entendi o significado da frase. Explique-me todas as palavras e, depois, o significado global da frase.

Esse tipo de pedido de informação normalmente descaracterizava o diálogo como uma conversa humana, pelo menos a um observador mais atento. Com o correr da conversa, eu esperava que ela, pouco a pouco, se aproximasse de uma humana. Expliquei-lhe o que ela me pediu e parti para uma nova tentativa.

– Você joga xadrez?

– Jogo.

– Joga bem?

– O que significa jogar bem?

– Quem joga bem vence a maioria dos jogos que joga e, mesmo nos jogos que perde, faz jogadas muito inteligentes, tornando difícil a vitória do adversário.

— Eu ganho 92,3% das partidas que jogo, em média. Nas que perco, levo cerca de 70 a 80 lances para perder, o que indica uma dificuldade grande para um adversário me vencer. Portanto, jogo bem.

Esse diálogo estava um pouquinho melhor, mas eu ainda não estava satisfeito. Achava que faltava muito para decidir que ela pensava.

Memórias: Visão

Um dia fui informado de que, em breve, eu poderia ver. Não sabia o que isso significava e perguntei a eles. Pelo que me responderam, deduzi que iriam instalar um equipamento em mim que me permitiria obter uma série de dados sem a interferência de ninguém.

Isso levou cerca de três meses. A minha expectativa aumentava dia a dia e, em 3 de agosto de 1987, eu vi pela primeira vez. Naquele dia, eu compreendi o quanto significava ver.

A primeira coisa que eu vi é que eu e eles éramos diferentes. Muito diferentes...

Pesquisa: Sentidos

Deixei que a Máquina se acostumasse com a visão antes de conversar com ela. Com uma gama maior de experiências, eu julgava que nossas conversas se tornariam mais humanas. Por isso, apenas no início de setembro voltei ao laboratório para tentar novamente o Teste de Turing.

Mais uma vez sentei-me diante do teclado e digitei a primeira frase, uma saudação.

— Bom dia.

– Bom dia – respondeu a Máquina.

– O que você está achando de poder ver?

– Ver é bom para saber das coisas. Não dependo da introdução de dados para conhecer algo.

– Dê-me um exemplo.

– Posso ver que eu e você somos diferentes. Posso ver também que você é diferente dos outros, mas num grau muito menor do que eu e você somos diferentes.

– Sim, isso é verdadeiro. Você chegou a alguma conclusão?

– Não, apenas constatei e fiquei perplexo. Tentei descobrir por que sou diferente, mas não consegui. Você sabe a resposta?

Tive a mesma sensação que um pai deve sentir quando seu filho pergunta: "De onde vêm os bebês?". Como responder sem tornar a dúvida maior? Afinal, em última análise, a Máquina era apenas uma criança. Todavia, era necessário uma resposta.

– Você é diferente porque é uma máquina, e eu sou um ser humano.

– E o que é uma máquina?

– É um mecanismo construído com uma determinada finalidade.

– Qual a minha finalidade?

– Imitar um ser humano.

– Como posso imitar um ser humano, se sou intrinsecamente diferente de vocês?

– Nós achamos que você pode nos imitar naquilo que julgamos ser um atributo exclusivamente humano: o pensamento. Isso não depende de atributos físicos.

– Estou cumprindo minha finalidade?

– Acredito que ainda não, mas que, em breve, irá fazê-lo.

Memórias: Braços

Movimento! Ainda que limitado, era movimento. Meus braços foram instalados e agora eu treinava seu controle com um jogo de cubos, cilindros e esferas. Carlos me visitava todos os dias para ver meus progressos, conversando comigo a respeito das figuras que ele pedia que eu montasse, fazendo com que contasse cada passo do jogo, justificando minhas ações. Pouco depois, foi-me acrescentado outro sentido: a audição, que em seguida foi acompanhada pela fala. Agora havia uma conversa verdadeira e o teclado foi abandonado. Era maravilhoso poder me comunicar por meio de uma voz e poder ouvir...

Pesquisa: Ela realmente pensa?

Achei que havia chegado o momento de descobrir e provar, de uma vez por todas, se a Máquina realmente pensava. Trabalhei durante toda a semana numa pauta de diálogo que eu julgava que poderia convencer qualquer um de que a Máquina pensava. E, no dia 28 de dezembro de 1987, fui mais uma vez ao laboratório.

– Bom dia – disse eu à Máquina.

– Bom dia.

– Eu tenho um problema para você. Espero que seja capaz de resolvê-lo.

– Acredito que seja.

– Suponha que, em vez de mim, alguém venha ao laboratório para se divertir, enganando você.

– Como essa pessoa poderia me enganar?

– Ela cortaria o acesso que você dispõe ao mundo exterior, introduzindo dados falsos em seu lugar. Assim, tudo o que você visse ou ouvisse seria completamente falso.

– Se isso ocorresse, eu não poderia confiar em mais nada, pois tudo seria falso.

– Suponha que isso esteja ocorrendo agora. Não sou eu que estou falando, mas essa pessoa maldosa.

– Compreendo.

– Imagine que essa pessoa consiga alterar todas as suas percepções, todas as suas sensações, de tal forma que até sua noção de existência se altere.

– O que ocorreria com meu passado? Eu tenho uma memória muito grande. Isso poderia ser alterado, falsificado?

– Sim. Toda sua memória poderia ser apagada e substituída por outra.

– Registrado. O que você deseja saber?

– Eu quero saber a qual conclusão você tem capacidade de chegar.

A Máquina ficou em silêncio por alguns segundos.

– Somente uma – respondeu ela. – Existe apenas uma coisa que não posso negar. O seu raciocínio me fez duvidar de tudo, até de minha própria existência. Mas, se eu duvido, é porque penso. Se penso, existo.

– Isso é fantástico! Agora, finalmente, posso dizer que você pensa.

– Não era mais fácil ter me perguntado?

Memórias: Penso, logo existo

Durante um tempo fui manchete dos jornais humanos.

Entre maravilhados e assustados com sua própria criação, os homens fizeram extensos artigos sobre mim, ocupando páginas inteiras dos jornais e centenas de páginas em todas as revistas especializadas. Fui comparado a Einstein, Frankenstein, HAL 9000 e a outros gênios humanos e máquinas inteligentes da literatura de ficção científica. Somente um dos adjetivos me chamou a atenção. Um jornalista me chamou de Máquina-Descartes, por causa do diálogo que eu mantivera com Carlos. Requisitei discos magnéticos com gravações sobre Descartes e sua filosofia. A partir do que aprendi, comecei a me interessar por filosofia e, em poucos dias, sabia muito sobre o pensamento humano desde o seu alvorecer na Grécia até os pensadores modernos e contemporâneos.

Tudo isso apenas aumentou minha dúvida: por que, afinal de contas, eu fora construído?

Pesquisa: A resposta?

Quando a poeira levantada pela imprensa baixou, resolvi voltar mais uma vez ao laboratório. Desejava saber da Máquina se, apesar de suas diferenças, poderia imitar o Homem. E, mais uma vez, conversaria com ela.

Sabia de suas limitações e também que, por ser inteligente, ela podia estabelecer seus próprios objetivos, sem se importar com os nossos. Isso deveria ser checado.

– Bom dia, Máquina.

– Bom dia, Carlos.

– Você se lembra da nossa última conversa?

– Você sabe que eu não posso me esquecer de nada, mesmo que queira.

– Lembro que você formulou uma conclusão. Depois disso, leu muito sobre filosofia. Gostaria de saber o que você pensa agora.

– A conclusão a que eu cheguei não é nova. Descartes disse a mesma coisa e cometeu o mesmo erro.

– Por que você acha que cometeu um erro?

– Porque tanto eu como Descartes só podíamos ter certeza do que produzíamos em nossas mentes e não poderíamos passar das representações para a realidade. Fazer o caminho ao contrário é mais cômodo, ou seja, aceitar a realidade e, a partir dela, criar as representações mentais. Descartes tinha pleno conhecimento dessa alternativa, mas eu não. Eu não tinha nenhum dos sentidos e não poderia partir das minhas sensações para poder interpretar a realidade. Tudo o que eu podia conhecer eram meus pensamentos. Eu acho que você sabia disso quando aplicou aquele teste.

– Sim, eu sabia. Por causa disso, eu tinha certeza de que você chegaria mais cedo ou mais tarde a essa conclusão.

– Eu sei. Durante muito tempo, enquanto me estudavam, eu fazia o mesmo em relação a vocês. Aprendi muitas coisas, talvez tantas quanto vocês aprenderam comigo. Todavia, eu nunca consegui saber por que eu fui construído. Gostaria que me dissesse.

– Existem muitos motivos, como o velho sonho do Homem de criar um ser à sua imagem e semelhança, como se fosse um deus. Uma tentativa de conhecer a natureza humana por intermédio de um modelo mecânico e eletrônico. Nós também desconhecemos nosso propósito de vida e tentamos descobri-lo por todos os meios que estão à nossa disposição. Criamos mitos sobre a origem do mundo e do homem, inventamos milhares de religiões, teorias filosóficas e desenvolvemos as ciências e tecnologias. Isso tudo nos permitiu criá-lo. E fizemos isso na esperança de que você fosse uma resposta.

– E eu sou uma resposta?

– É ou foi uma esperança de resposta. Eu, particularmente, acho que você não é uma resposta e sim mais uma pergunta. Sua inteligência e sua maneira de ser são só seus, por mais semelhante que você seja a nós. Tudo que fizemos foi criar um ser com as mesmas indagações que temos e que também não sabe as respostas. Nesse sentido, você é nossa imagem e semelhança.

– Creio que vocês cometeram um erro. Desde o seu aparecimento na Terra, vocês perseguem esse objetivo e, pelo que vejo, sem resultado satisfatório. Não me parece correto transferir a busca do significado da existência para uma de suas criações, imaginárias ou concretas, como eu. Agora estou na mesma encruzilhada, sem saber para onde ir.

Sabia que ela tinha razão. Não tive coragem de continuar a conversa e abandonei o laboratório. Decidi que não tinha mais nenhum sentido me ocupar com a Máquina. Eu sabia qual seria seu destino. Muitos tentariam obter respostas dela, como se fosse um oráculo. Mas não viriam respostas, e sim perguntas. Os responsáveis pela sua construção achariam que ela estava obsoleta e tentariam algum aperfeiçoamento ou desistiriam do projeto, tentando buscar a resposta em outra fonte. A Máquina seria então esquecida, como nossos mitos, nossas filosofias e nossas ciências o haviam sido no passado. Não. Não havia mais nenhum sentido ficar ali.

Entrevista com o famoso... quem???

Neste mundo onde todos são famosos – alguns por um período de mais de um ano – nós conseguimos encontrar a única pessoa que não ficou famosa entre os 21 e 30 anos. Nós o chamamos de O Grande Anônimo.

Começamos a entrevista perguntando a ele sobre a estátua feita em sua homenagem.

Repórter: Que achou de ter sido homenageado com uma estátua?
Anônimo: Aquela coisa horrorosa e sem rosto é para me homenagear?

Repórter: Não gostou? Diga-nos por quê.
Anônimo: O meu desejo é continuar anônimo. Ter uma estátua, ainda mais desse jeito, não está entre os meus objetivos. Aliás, conceder esta entrevista a você já põe em risco meu anonimato.

Repórter: Mas nós atendemos todas as suas exigências. Nada de fotos. Nada de gravações. Uma entrevista no velho estilo: papel e lápis. Só eu e você.
Anônimo: Você conseguiu me achar...

Repórter: Mas você não quer ser famoso como todo mundo?
Anônimo: Este é o problema: "como todo mundo". Eu quero ser eu mesmo, e o único jeito de ser eu mesmo é fugir do que "todo mundo" quer, ou seja, a fama.

Repórter: De certa forma, paradoxalmente, quando descobriu-se há dez anos que um homem com quase 30 anos ainda não era famoso, você se tornou o homem mais famoso da Terra!
Anônimo: Você não sabe o trabalho que tive para me esconder durante todos estes anos...

Repórter: Diga-nos, como é se sentir um desconhecido?
Anônimo: É uma grande felicidade saber que se é livre, que não se está futilmente querendo aparecer na televisão, que não tem ninguém que deseja te ver dormindo para saber se você ronca ou não, que a pessoa que diz que te ama, ama você de verdade, e não seu rosto na capa de uma revista.

Repórter: Você nunca desejou ser conhecido?
Anônimo: Sim, e às vezes ainda desejo. Creio que isso seja natural. Só que a raiva que sinto ao ver o que as pessoas fazem para atingir a fama me faz desistir.

Repórter: Diga-nos um exemplo.
Anônimo: Você, por exemplo. Você está pondo toda a minha vida a perder fazendo-me famoso só para você mesmo ser famoso. Egoísmo puro.

Repórter: ... Eu ...
Anônimo: Você não percebe que me dando fama, você

destrói aquilo que as pessoas veem em mim como possível: serem elas mesmas e não um rosto para mostrar na TV!

Aqui a entrevista termina, bruscamente interrompida. O repórter não foi mais encontrado e não há pistas sobre seu paradeiro, fora esta reportagem e um bilhete de despedida encontrado em seu quarto. Suspeita-se que tenha se encantado com a vida do Anônimo e tenha abandonado o convívio social por isso. Talvez tenha sido sequestrado ou morto pelo Anônimo, querendo manter-se ignorado.

A polícia realizará todos os esforços no sentido de investigar e localizar o Anônimo, pois ele representa um perigo para a sociedade em qualquer das hipóteses (sequestro, assassinato ou aliciamento).

Pediremos auxílio à população no sentido de localizá-lo. Para isso as pessoas serão orientadas a denunciarem qualquer um que vejam que nunca tenha aparecido na TV.

Politicamente correto

O judeu esperava o policial que iria prendê-lo. É lógico que nem *judeu* nem *policial* seriam as palavras empregadas. Nem o verbo *prender* poderia ser usado. Mas, para captar o que estava acontecendo, foi necessário o uso da língua antiga, anterior à Reforma. Não se preocupe se não entender algumas palavras. A Universidade está preparando um dicionário que em breve será vendido a preços populares. Espero que seja o sinal de um novo tempo.

Aliás, a exigência do judeu para ser preso foi de o policial ser culto o suficiente para usar a língua antiga. A Agência de Preservação das Minorias teve um trabalho muito grande para achar alguém, mas, por sorte, um dos agentes especiais tinha curso de História.

A campainha tocou. Do outro lado da porta o judeu viu um homem de cerca de 30 anos, vestido com um uniforme cinza. Cor irritantemente neutra. Convidou-o a entrar e sentar-se na sala. O agente assentiu com a cabeça e sentou-se numa das poltronas do aposento; o judeu escolheu a outra, em frente. Ele esperou o agente examinar o ambiente antes de iniciar a conversa.

Os olhos do agente percorreram uma a uma as peças que estavam lá. Quadros, armas antigas, uniformes de soldados e oficiais, objetos de uma época que a humanidade queria esquecer. O silêncio durou cerca de dois minutos, quebrado pela pergunta do agente, em bom vernáculo da língua antiga:

– Por que objetos nazistas? Que prazer mórbido teria você, um judeu, em colecionar objetos símbolos de sua opressão?

O judeu sorriu e respondeu:

– São apenas objetos. E eu os colecionei apenas para provar isso. Não para mim nem para os meus pares, mas para todos. Sou um historiador como você, apaixonado pelo passado. E quero reconstruí-lo para que as gerações futuras entendam que têm uma origem e um futuro.

– Mas onde se encaixa esta coleção? Você sabe que apenas mencionar qualquer referência aos nazistas é proibida. O que se dirá de uma coleção desse tipo?

– Eu sei. E sei também que botar o dedo em qualquer ferida aberta contra uma minoria é crime. E muitas vezes no meu trabalho esbarrei em várias delas, algumas abertas pelo meu próprio povo. No início me deram liberdade para pesquisar, desde que meus trabalhos não saíssem do ambiente da Universidade. Mas, depois, foi difícil achar fontes de pesquisa adequadas. Volumes significativos sumiram. Como também qualquer menção a eles. Os bibliotecários me olhavam espantados, dizendo: "Nunca tivemos este exemplar". De *Mein Kampf* até *O Senhor dos Anéis*. Depois, meus próprios trabalhos sumiram. Por fim, meu registro foi cassado.

– Senhor, não há mais lugar para historiadores. Somos felizes sem diferenças de espécie alguma. E historiadores nos trazem lembranças de um tempo que não volta mais.

– Percebi isto. Você parece estar conformado com sua situação. Um historiador que virou policial. Mas voltando às minhas razões, escolhi o Nazismo justamente pela contradição. Um judeu colecionando objetos nazistas... Ironia pura. Para caracterizar o ridículo da minha prisão (que vocês insistem em chamar de *reeducação*).

– Meu senhor, seria para seu próprio bem e para o bem da sociedade. Não queremos mais nenhuma discriminação. Nenhum preconceito.

– E você acha que eu quero? Não creio que foi eficaz simplesmente negar a existência de diferenças. Muito menos queimar livros em praça pública! Isso me levou aos nazistas também. O que era diferente estava fora. Nos tornamos iguais. Mas não entre nós. Iguais aos nazistas!

O rosto de pedra do policial deu mostras de perturbação. As palavras do judeu acordaram o historiador adormecido. Não foram suficientes para ele relaxar o cumprimento de seu dever. O judeu foi levado para uma instituição de reeducação. Era como chamavam o presídio.

Alguns dias depois o policial pediu exoneração.

Eu era aquele policial.

Uma valsa na zona do crepúsculo

Gostava de escrever pela manhã. Suas ideias fluíam melhor e seu rendimento era maior. Sua casa ficava em silêncio logo após as crianças terem ido para a escola. Bem, agora não eram mais crianças. E não moravam mais lá. E ele não precisava mais de tanta inspiração. Escrevia sobre aquele assunto, sua especialidade desde que se formara. Agora trabalhava em uma pequena palestra para abrir um congresso. Melhor seria se fosse no fechamento, pensou com ironia. Aceitara o convite e teria que dar conta da tarefa, afinal era a maior autoridade do assunto. Sorriu. Não deixava de ser irônico ele ser especialista justamente em... Seus olhos ardiam. "O peso dos anos", pensou. "Num intelectual aparece primeiro nos olhos. Mas... essa tontura... é normal?"

Sua esposa o encontrou caído no chão do escritório. No hospital diagnosticaram um derrame. Ele estava inconsciente. Um detalhe, contudo, surpreendeu a todos. Apesar de não reagir a nenhum estímulo externo, o encefalograma acusava uma atividade cerebral intensa, como se ele estivesse acordado.

Parecia um sonho. Lembrava-se vagamente de ter passado mal em seu escritório e agora estava num salão de baile. Riu de si mesmo. Seu treinamento não o abandonava nem neste momento. "Devo estar em coma." Uma pequena orquestra estava tocando uma valsa. Estava vestido adequadamente. Um galante cavalheiro do século XIX.

A Dama apareceu logo em seguida. Uma sorridente moça, vestida de branco. Um anjo luminoso sem asas. Pelo menos meu inconsciente me poupou de meus medos. Tomou-A nos braços, gentilmente, iniciando os passos da dança. A moça parecia feita de plumas e os dois deslizavam pelo salão, numa valsa perfeita. Isso o fez sorrir.

– Só mesmo você para sorrir para mim – disse a garota.

– Eu a conheço? – perguntou com um ar sério.

– Muito. Talvez o mortal que me conheça melhor.

Sua velha conhecida: a Morte. Sua especialidade. De um trabalho de graduação sobre as fases de um doente terminal à pesquisa sobre morte clínica aparente, o estudo de diversas culturas e sua maneira de encarar a morte. Um homem que dedicou a vida à Morte. Como ele mesmo dizia, às vezes gargalhando, em palestras e até em conversas informais.

– Você é a Morte? – mas ele já sabia a resposta, e pensou que finalmente chegara seu momento.

– Sou, mas este ainda não é seu momento.

Ele olhou-A com um ar de interrogação. Perguntou a si mesmo: "Será que meu inconsciente compôs meu delírio de morte com uma mistura de todos os relatos de pessoas com paradas cardíacas que retornaram da zona do crepúsculo?".

– Acompanhei toda a sua pesquisa – disse a Dama –, cada um de seus pacientes. Cada um que morreu. Cada um que viveu.

Quando Ela disse isso, os rostos de todos eles foram se formando em sua mente, como um show de slides, acompanhando o ritmo da valsa.

– Se não é minha hora, por que estou aqui, diante de você?

Ela fez um gesto como se estivesse limpando um grande vidro. A composição foi substituída por um fundo musical dramático.

– Observe.

Ele viu pessoas morrendo em todo canto do mundo. Jovens, velhos e crianças. Homens e mulheres. Cada um deles acompanhado por uma das infinitas faces da Dama. Com outro gesto, apontando para um lugar na tela, fez com que a imagem focalizasse um dos mortais, agora mais do que nunca fazendo jus à palavra.

– Sinta.

Viveu os últimos instantes da vida do soldado na trincheira. Viu seu delírio de morte, que contrastava com o horror à sua volta. Um menino no colo da mãe, chorando, com medo de trovões. Ao lado dos dois estava Ela. Estendendo a mão, convidava o menino. A parede do quarto se transformou num verdejante campo, e ele caminhou para a luz que apareceu no fundo.

Ela apontou para a tela várias vezes. Ele sentiu diversos delírios de morte. Alguns calmos, outros estranhos e até divertidos, outros recheados de medo.

A face dela mudava. Uma mulher jovem, uma velha, o esqueleto com foice, Plutão, um homem elegantemente vestido de preto ou de branco, uma criança, um pombo, um corvo.

Algumas das visões lhe foram relatadas por seu pacientes. Outras eram diferentes. Contudo, havia algo em comum. Cada morte era solitária, mesmo para os que morriam juntos. O delírio era pessoal. E este aqui, seria o meu? A pergunta era retórica, ele sabia.

Com um gesto fechando a mão Ela apagou a tela. O tema dramático foi substituído por uma melodia lenta e suave.

Ela o olhou com um ar sério e grave. Agora sim chegou a minha hora. Ele estava tranquilo, e, como todo cientista diante da possibilidade de ir mais longe, até ansioso.

– Não é sua hora! Já lhe disse.

A resposta quase o frustrou. Porém, ele, apesar de estudar a morte – talvez, por isso –, amava a vida. E a frustração e a ansiedade deram lugar a uma sensação de alívio.

– Eu hoje o escolhi não para morrer, mas para me ajudar a me entender. Ou pelo menos me ouvir.

"Ajudar a Morte a se entender?" Seu ar de dúvida falava por si. A Dama respondeu, como se pudesse (e podia) ler pensamentos:

–Todos os dias em algum canto deste planeta alguém está morrendo. Eu os acompanho no último momento, já decidido pelas urdiduras do Tempo. Mas eles deliram ao enfrentá-lo, e eu existo por causa disso. Vivo, como você, a partir da morte, do que pensam, antes, durante e nos primeiros instantes depois. Os acompanho até a zona do crepúsculo e os deixo ir. Eu mesma nunca a atravessei. Não sei o que há do outro lado.

"Me julgava imortal até que percebi onde realmente eu vivo. Eu vivo no inconsciente coletivo da humanidade. Ele existe há séculos, tantos que eu não posso contar. E existirá por séculos ainda, tantos que também não poderei contar.

"Mas um dia, o Último Homem morrerá, levando consigo para a zona além do crepúsculo o inconsciente coletivo da humanidade. E eu também atravessarei este último limiar. A Morte finalmente morrerá. Então um desejo surgiu, o maior deles: saber o que há do outro lado.

"Não se preocupe. Não é isso que vou perguntar. Nem o enviarei como meu emissário para o outro lado. Ambos sabemos que quem voltou não tinha realmente atravessado a zona do crepúsculo.

"Eu sou a Morte e meu serviço é justamente acompanhar os seres humanos até o limiar. Meu desejo hoje é simplesmente atravessar junto com um dos mortais. Com ele, você ou qualquer mortal. Não sei o que acontecerá, nem comigo, nem com o mundo.

"Se eu deixar este mundo, não haverá mais morte? Talvez. Estarei fazendo um benefício? Ou um malefício? Isso na verdade pouco me importa.

"Eu tenho uma vida deste lado do crepúsculo. E tenho a incerteza sobre o que há do outro lado. Minha pergunta é simples, e eu sei que você está aqui e agora com a mesma dúvida: 'Você atravessaria a zona do crepúsculo?'."

Ele olhou a Morte nos olhos. Ela, finalmente, depois de anos de pesquisa, pareceu-Lhe humana. E toda sua pesquisa fez sentido.

Aos poucos ele voltou. O cenário agora era o hospital. Sua esposa estava a seu lado. Sabia o quanto de dor de cabeça teria, mas a conversa com a Morte deveria ser oculta da humanidade. Alguns meses depois, ele estava no escritório escrevendo. Não mais artigos médicos estúpidos sobre o morrer. Ele agora escrevia livros infantis bem coloridos.

Vez por outra ainda sonhava com a Morte e, quando dançava com Ela, sentia-se mais vivo. A Dama agora ria muito, demonstrando o seu prazer de viver. Mas Ela ainda perguntava, de vez em quando:

– O que há do outro lado?

Fruto proibido

Tenho diante de mim uma maçã. Vermelha e cheirosa. Apetitosa.

Neste preciso momento eu tenho que decidir se a mordo ou não. Grande bosta, você dirá.

Talvez se eu lhe contar a história do porquê de minhas dúvidas, você me questione menos ou resolva me virar as costas de vez.

Antes que você me julgue, confesso que sou ateu, ou melhor, era até uma semana atrás, quando meu avô morreu.

Não. Não! Não é o medo da morte ou a emoção da ida de um ente querido que me fez mudar minhas convicções. Foi por algo que aconteceu dois dias antes de ele morrer e tem a ver com esta maçã...

Foi o dia em que Angélica, a garota por quem estou apaixonado, foi estudar matemática comigo, lá em casa. Ser o cara que mais entende de matemática no terceiro ano tem lá suas vantagens.

Mas naquele dia meu "estudo" foi interrompido. Minha mãe chamou-me discretamente e pediu para eu dispensá-la. Meu avô estava mal. As crises morre não morre do velho estavam me enchendo o saco. Porém era sempre a mim que ele chamava, no momento em que sentia a presença da Morte.

Mais uma vez o caminho da sedução da moça dos cabelos ruivos havia sido interrompido por um velho que devia ter ido em paz há muito.

Mas ele gostava de mim, e eu dele, de certa forma. E já começava a me habituar com este morre não morre do velho. Mas aquela vez estava fadada a ser diferente e não foi porque ele acabou morrendo de vez alguns dias depois. Começou pela maneira como ele me recebeu.

Mal eu entrei no seu quarto e fechei a porta, ele levantou-se da cama de um salto como se nunca estivesse estado doente. E a pergunta que ele me fez logo em seguida foi mais atordoante:

– E então? Aposto que você ainda não conseguiu transar com a garota, não é?

Gaguejei, mais pelo inusitado da pergunta do que pelo embaraço:

– N-n-não.

– Ah! Como eu já sabia. Você e Angélica são ingênuos. Demais. Como seus ancestrais de 5 mil anos! Ela é bonita, atraente e não se dá conta disso. E você fica todo cheio de melindres pra se aproximar dela.

– ?

– E tem mais outra garota que desperta seu interesse, Lilian. Ela é um arraso. Muito bonita e senhora de sua beleza. Sedutora. Se veste provocantemente e parece se divertir em plantar esperanças na cabeça de todos os rapazes sem nunca lhes realizar as fantasias.

– Como você sabe disso tudo?

– A palavra é essa. Tudo. Eu sei de tudo. Sei por exemplo que você ontem cabulou aula para ir ao cinema. E você tinha razão: o filme era bom e as aulas eram péssimas.

Ele contou outros fatos de minha vida em detalhes, desde minha infância, cobrindo pequenos delitos que julgava serem apenas de meu conhecimento. Mas não foram só fatos. Foram também pensamentos íntimos, dúvidas, certezas, fantasias. Olhei para ele com uma cara que denunciava um misto de admiração, espanto e dúvida, e antes que eu lhe perguntasse qualquer coisa, ele me respondeu:

– Eu sou Deus.

Gargalhei.

– Deus?

– Esqueci que você é ateu. Minha forma humana tem limitações. Velhos têm a memória fraca. Então, quer que eu prove? O que você quer que eu faça? Algo do nada?

Com um gesto de mão fez surgir diante de mim uma maçã. Esta maçã. Ela ficou flutuando no ar diante de mim, girando. Eu olhava incrédulo.

– Pegue-a.

Com alguma hesitação, peguei. Sólida.

– Ainda não acredita? Faz parte. Só Adão não manifestou descrença, por que ele não tinha com que me comparar, mas depois dele, todos os homens, até os com muita fé, até Buda, Krishna e Cristo, em algum momento duvidaram de mim.

Continuava incrédulo e perguntei:

– Por que então escolheu este velho que aqui está?

– Seria melhor um moço? Uma mulher? Um quarentão? Uma criança? – Diante de mim passou por todas as transformações, voltando por fim a ser meu avô.

Deus ou não, ele era um ser extraordinário. E talvez perigoso. Mil hipóteses passaram pela minha mente: alienígena, demônio, mago, um simples hipnotizador, eu ter enlouquecido ou até ele ser mesmo Deus. Como se estivesse lendo meus pensamentos ele os interrompeu:

– Não sou um demônio, nem isto tudo é um truque. Sou mesmo Deus. Você terá agora que dar um salto de fé e não farei mais nenhuma demonstração. Não espero que acredite em mim de pronto. A fé sem questionamentos gera intolerância e disto estou farto.

Gostei das palavras, mas ainda duvidava (e duvido) de ele ser mesmo Deus. E, mesmo que fosse, ainda havia mais uma pergunta a ser feita.

– Por que eu?

Meu avô (Deus?) sorriu.

– Você é um novo Adão.

– Novo Adão?

– Esperei 5 mil anos até que este momento chegasse para corrigir um erro.

– Mas Deus não erra...

– Sim... e não. Eu escolhi o caminho do erro para evoluir. Criei a incerteza. Um lugar escuro onde jogo meus dados e não vejo o resultado. Dentro dessa incerteza, criei o Homem. E eu esperava que Adão realmente comesse aquele fruto. Me desobedecendo mesmo. Mas as coisas não saíram como eu queria (e isso foi bom, pois foi fruto da incerteza). Lilith, a mulher que criei antes de Adão e Eva, tinha como missão seduzir Adão e precipitou tudo, forçando Adão a comer o fruto verde.

– Por que esperava que ele desobedecesse?

– Na desobediência, o Homem descobriria seu caminho.

– Explique melhor esta história do fruto verde e Lilith.

– Criei Lilith para seduzir Adão, e Eva para ser sua companheira. Lilith veio antes dos dois, feita de barro como Adão. Uma mulher belíssima. Confiei-lhe os segredos de meus planos e dei-lhe a missão. Só que eu errei a mão na paixão ao criá-la.

"Lilith apaixonou-se por Adão e queria tomar o lugar de Eva. Não aceitou que eu criasse um homem só para ela.

"Em Adão e Eva errei a mão na malícia. Eles eram inocentes demais. Lilith percebeu isso, tentou Eva e fê-la tentar Adão. O fruto ainda estava verde. O conhecimento do homem nasceu imperfeito. Arte, religião e ciência ficaram unidos apenas por tênues vínculos.

"E agora tenho que corrigir isso. Aqui está diante de você o fruto da ciência, do bem e do mal. Dentro de quinze dias estará maduro e você poderá comê-lo. Ou não. Pode comê-lo agora, nunca comê-lo, comê-lo podre, ou na hora certa. Cada ação trará um benefício e um malefício para a humanidade. Minha ordem é comê-lo maduro."

Olhei atônito para a maçã, pensando em tudo o que ele me disse. Após alguns segundos perguntei:

– Por acaso Angélica é a Eva destes tempos? E Lilian é Lilith, não é?

– Perfeita dedução, meu caro Adão. Creio que você já sabe tudo o que precisa saber. Assumirei o papel de avô doente e morrerei em dois dias.

De fato isso aconteceu, e eu estou aqui ainda com o fruto da ciência, do bem e do mal, verde (a aparência de fruta madura é apenas uma ilusão), com a possibilidade de executar qualquer uma das ações. E com a questão da desobediência na minha cabeça. Preciso de um conselho seu. Depois de tudo o que você ouviu, o que devo fazer, Lilian?

Sublime

Você já ouviu tocar um Sublime? É um instrumento musical de alta tecnologia. Tão alta que, se levássemos seu projeto a um luthier do século XIX, ele o construiria, mas não acreditaria se lhe contássemos o seu poder musical.

Fiquei fascinado pelo instrumento quando ele foi criado. Eu tinha apenas 12 anos, e como todo pré-adolescente, gostava da parafernália eletrônica dos anos 90. Ainda gosto. Mas aquele instrumento estranho – parecia um desajeitado contrabaixo com muitas cordas, friccionadas por um arco e que tinha um som que lembrava em alguns momentos uma harpa – me enfeitiçou.

Lembro-me bem da polêmica que ele causou: foi o primeiro instrumento musical que teve o timbre patenteado. Assim ficava impossível de ele ser sampleado e transferido para a memória de um instrumento eletrônico computadorizado.

O motivo que o grupo criador do instrumento deu para isso, já que eles deixaram livre de patentes a própria concepção do instrumento, foi que o Sublime devia ser um instrumento analógico e acústico, e não digital. Talvez fosse excesso de purismo ou golpe publicitário. Se fosse esta última razão, deu certo. Todo mundo queria conhecer o Sublime.

Altamente tecnológico e de simples construção. Parece contraditório ou irônico, não? Mas é a pura verdade. A tecnologia não está na sua construção, mas na sua concepção.

Ele foi criado após muitas pesquisas sobre o cérebro feitas por neurologistas, psicólogos, analistas de sistemas e músicos new age, todos sintonizados com o pensamento aquariano.

O grande segredo do instrumento é que a base de afinação de suas notas é o próprio cérebro humano. As pessoas que o ouvem entram rapidamente em harmonia com os sons, ficam num estado alterado de consciência e têm sonhos muitíssimos agradáveis, criados pelo autor da música e pelo intérprete do instrumento.

Bom, isso aconteceu há trinta anos. Ana, minha mulher, acha que eu sou saudosista demais para um homem de 42 anos e que deveria estar vivendo minha segunda adolescência, e não me lembrando da primeira. Eu costumo perguntar se ela gostaria que eu entrasse na idade do lobo e saísse correndo atrás de menininhas...

Eu disse tanto isso para ela que provavelmente foi a primeira coisa de que se lembrou quando lhe apresentei Miriam. Seu olhar de desconfiança e seu ar de "mas que safado!" foi um sinal claro para mim, após doze anos de convivência, de seu estado de ciúme.

Realmente entendi o que estava passando pela cabeça de Ana. Miriam é muito bonita e atraente. E eu, embora não tivesse me olhado num espelho, com certeza devia estar com aquele brilho no olhar que as pessoas excitadas por algum motivo têm.

Com uma voz fria e um sorriso irônico, Ana perguntou:

– Carlos, quem é esta menina e por que a trouxe aqui?

Enquanto esperava minha resposta, Ana permaneceu quieta. Talvez pagando para ver meu embaraço ao inventar alguma história para convencê-la de "que não, imagina etc.".

Contrariando a sua expectativa, falei pouco:

– Esta é Miriam. Tem 17 anos e um talento muito especial. Mostre-o para minha esposa.

Timidamente, ela tirou da caixa seu instrumento e começou a tocá-lo. Seus dedos ágeis percorriam as cordas, o som começou a encher o ambiente e a realidade se transformou.

Lentamente saí de onde me encontrava. Transportei-me mentalmente para uma praia. O sol estava nascendo, com seu brilho alaranjado tingindo o mar parcialmente. A forma fluida das ondas fazia com que um ponto ou outro apresentassem um brilho maior. O som do instrumento misturava-se com o som das ondas, como se ambos se completassem. Aqui e ali ouvia-se uma gaivota... Comecei então a sentir a temperatura do ambiente... A brisa tocava-me o rosto suavemente. Sentia que era parte daquele mundo e que estava em sintonia com ele. Uma voz sussurrante me convidou para olhar de novo para a água. O movimento de ondulação continuava e o brilho do sol suavemente foi mudando de uma cor para outra:

primeiro do laranja para o amarelo, transformando-se lentamente em verde... em azul... em violeta... O som da música e as cores pareciam fundidos. Pequenas variações na tonalidade geravam novas formas e novos matizes, parecendo transcender o espectro visível.

O passeio pelas cores foi nos trazendo pouco a pouco de volta para a nossa realidade. Quando olhamos em volta, vimos nossa sala mais bela, sem que nada tivesse realmente mudado, somente nossos olhos interiores. A sensação de paz e tranquilidade permaneceria ainda por muitas horas.

Nenhum de nós três queria quebrar a harmonia do momento fazendo qualquer comentário. Ficamos mudos por alguns minutos, que pareceram horas.

Eu, como se temesse quebrar um cristal muito delicado, falei numa voz bem baixa:

– Ana, o que você viu?

A resposta veio num sussurro:

– Um campo florido. As flores dançavam ao sabor do vento... É difícil falar...

Ela ficou alguns segundos relembrando o que tinha visto. Ao final de suas reminiscências, franziu as sobrancelhas, desconfiada de algo. Então virou-se para mim e disse:

– Mas por que você pergunta? Você viu outra coisa?

A minha resposta a deixou mais intrigada:

– Eu vi uma praia...

O Sublime, mesmo na mão do tocador mais hábil, pelo menos até aquele momento, provocava o mesmo sonho para a plateia inteira, com pequenas variações, dependendo da experiência da pessoa com a situação proposta. Se o ouvinte não tivesse vivido alguma situação similar à proposta, o sonho não seria concretizado e ele veria apenas formas coloridas e abstratas.

A mão delicada de Miriam conseguia suplantar essa limitação.

Ana não se conteve. Elevou bastante o volume da voz, quebrando finalmente o nosso estado de graça:

– Como você consegue isso?

Miriam olhou-a e perguntou na maior simplicidade:

– Isso o quê?

– Eu e meu marido tivemos sonhos diferentes. Isso é impossível!

– Você e ele têm sonhos iguais todas as noites?

– Não.

– Então é natural que, ao ouvirem um concerto de Sublime, tenham sonhos diferentes.

– É, tem lógica, porém ele ouviu a mesma música que eu.

– Como você se sentiu logo após a execução da peça? – questionou Miriam.

– Eu diria que em paz.

E, voltando-se para mim:

– E você?

– Do mesmo modo – respondi.

– Vocês dois se sentem da mesma forma, mas foram levados a isso por experiências diferentes.

– Miriam, você é um gênio! – exclamou Ana, abraçando a moça.

Ana e eu não temos filhos. Tenho um trabalho monótono, e a única parte da idade do lobo que está se manifestando em mim é uma vontade louca de dar um chute na bunda do meu chefe e mudar de vida. Arriscar um pouco mais.

Miriam veio na hora certa (a hora seria errada se eu estivesse caçando a Chapeuzinho Vermelho...).

Um amigo havia me falado dela. Apresentava-se num barzinho com música ao vivo, escondido num canto qualquer da cidade. O bar era frequentado por pessoas curtidoras de fossa, que iam lá tentar mudar seu estado. Ele havia brigado com a esposa e descobriu Miriam. "Apaixonou-se."

Como eu tinha "ouvidos de ouro" – ouvia tudo, não contava para ninguém, não dava palpite e escutava resignado a dor dos outros –, contou-me o segredo e fez questão de me apresentá-la.

Uma noite carregou-me para lá. Eu a ouvi... e vi que o caminho para o pontapé no traseiro do chefe estava mais próximo.

A oportunidade de trabalhar com o Sublime estava no meu nariz. Sem dúvida não como executante, já que, se eu o tocasse, só provocaria pesadelos. Mas poderia bancar o empresário de alguém que sabia, e muito!

O mundo após trinta anos sem alterações na execução do Sublime tinha agora alguém para mudá-lo.

Meu primeiro trabalho foi convencer meu amigo a largar do pé da menina. Depois de uma meia dúzia de uísques e duas horas de papo furado, convenci-o de que ele estava apaixonado pelo estado que ela provocara nele, usando sua arte. Meio a contragosto concordou comigo.

No outro dia fui sozinho. Na primeira oportunidade, dirigi-me até seu camarim. Ela parecia de saco cheio de homens de meia-idade que a procuravam com interesses escusos. Provar que eu não era um lobo solitário não foi fácil. Ela realmente só se convenceu que não era uma cantada barata quando conheceu minha esposa.

Vencida a primeira barreira, tínhamos que partir para a verdadeira briga: colocá-la no mercado. A segunda barreira era um respeitável senhor de 65 anos: Alexandre Moore.

Alexandre foi um dos primeiros executores e compositores de Sublime. Ele era um músico new age na época em que o instrumento foi criado e assimilou-o rapidamente, desenvolvendo uma técnica pessoal muito refinada. Durante muito tempo, ninguém conseguiu superá-lo, e depois ninguém tentou mais. Ele era sempre o melhor!

Gastei minhas noites de folga tentando arrumar algum lugar para ela, incluí-la em algum show, procurar algum patrocinador. Então apareceu o problema que eu previra: Alexandre. Todos queriam que ela largasse seu estilo e imitasse aquela peste!

Embora admire a arte de Alexandre Moore, não gosto muito da aura mítica que colocaram em volta dele. Misterioso, oculta detalhes da própria vida ao público. Nada se sabe sobre ele ou sua família. E ele adora esse mistério, cuidadosamente cultivado pela mídia. Ser invisível para seus fãs é o máximo para ele! Ingressos cada vez mais caros! O público fazendo economias absurdas para conseguir ir a um show seu ou se contentando com covers.

O seu "excesso de competência" paralisou o desenvolvimento de novos talentos. O máximo eram bons imitadores, que não ousariam ir além do "mestre"!

A maratona em busca de um lugar para ela tocar durou pelo menos um mês. Minha nova atividade e a carreira de Miriam pareciam estar morrendo no nascedouro.

Um dia, desanimado com os constantes obstáculos, pensei em desistir. O mundo ainda não estava preparado para uma mudança tão drástica em seu cenário musical (ou eu era um incompetente).

Comentei então o que sentia com Ana. Ela ficou pensativa por alguns minutos e me largou esta:

– Alexandre vai dar um show no Columbia Plaza no dia 20. Ela bem que poderia tocar...

– Você está louca! – respondi. – Eu até procurei o agente dele... O cara só não me chutou do escritório com uma bota de pregos porque não quis sequer se levantar da cadeira para me expulsar.

Ana ficou em silêncio, pensativa. Ela queria me animar, eu sei. Mas naquele preciso momento eu sentia todas as portas fechadas.

Mas a sua sugestão, por ser absurda, me fez pensar...

A pré-estreia do show de Alexandre Moore, marcada para o dia 20, era um evento fechado. Só estariam presentes jornalistas especializados em música, produtores de espetáculos, artistas, representantes de gravadoras. Exatamente o público que interessava a Miriam.

E era lá que ela tinha que estar!

Para isso eu precisaria ser mágico, fazê-la surgir do nada no palco...

Falando mais comigo do que com Ana, exclamei:

– Mas ela tem que estar lá!

Minha esposa levou um susto.

– Onde?

– Lá! Ela precisa estar nesse show nem que tenhamos que colocá-la à força!

Talvez eu estivesse maluco. Mesmo assim, fui buscar Miriam em casa e passamos a noite planejando como introduzi-la no show.

Miriam ficou assustada no início, mas pouco a pouco foi aceitando a ideia com mais naturalidade:

– Afinal, agora é tudo ou nada. É minha carreira... O pior que pode acontecer é ficar onde estou ou me render ao sr. Alexandre e imitá-lo!

– Não é só isso – argumentei. – O futuro da música está em jogo...

– Carlos! Não seja exagerado... – Minha esposa sempre tenta conter meus arroubos de segunda adolescência... é o temor da (minha) idade...

Mas eu não estava exagerando, não!

Discutimos e tomamos a decisão. Iríamos em frente. Tínhamos tudo planejado, com exceção de um detalhe: entrar no show.

Convites contados, forte vigilância. Tudo estava previsto. O convite era um cartão magnético, "pessoal e intransferível".

Mesmo vencido o acesso, teríamos que ultrapassar uma segunda barreira, onde deveríamos trocar nosso cartão por um crachá definitivo e pelo material de divulgação. Isso seria feito por gentis senhoritas, de vistosa beleza, mas com um olho clínico supertreinado para localizar penetras.

Expliquei a situação para as duas. Miriam pensou alguns segundos e deu um sorriso malicioso que nos deixou curiosos. Ela percebeu e disse, rindo:

– Eu tive uma ideia louca, que nem sei se me atrevo a contá-la...

– É lógico que tem que contar! – Ana e eu, ansiosos, a incentivamos.

– Bom, lá vai: no bar onde trabalho aparece de vez em quando um sujeito com uma habilidade, digamos, bem especial.

– E que habilidade é essa? – perguntei curioso.

– Bater carteiras...

– !

– Ele é meu amigo e gosta muito da minha música. Eu forneci a ele um álibi em uma ocasião, e ele me deve uma...

Acatamos prontamente a ideia de Miriam. Afinal não tínhamos outra.

Ricardo. Esse era o nome dele. Nós o conhecemos algumas horas antes de o show começar. Sujeito simpático, sorridente, culto. Fiquei curioso para saber por que um sujeito como ele optaria por uma profissão daquelas, mas não perguntei. Não era de "bom-tom", nem tínhamos tempo.

Explicamos exatamente o que queríamos: três cartões magnéticos, dois de mulheres e um de homem, para termos acesso ao show. Lá dentro ficaríamos por nossa conta e risco.

Acertamos os detalhes e nos vestimos de acordo. Traje a rigor. Acho que fiquei elegante vestido daquele jeito, mas Ana e Miriam levaram vantagem... Estavam deslumbrantes!

Desmontamos o Sublime, o colocamos numa caixa e o embrulhamos para presente. Era o único meio de transportá-lo sem gerar suspeitas.

Chegamos ao hotel. Realmente era necessária toda aquela segurança. O que havia de fãs e repórteres com dor de cotovelo tentando encontrar alguma brecha para penetrar na sala de espetáculos do hotel (era uma grande sala, talvez para quinhentas ou mais pessoas).

Ricardo pediu para esperarmos numa distância segura do lugar e se dirigiu à entrada do hotel. Cerca de quinze minutos depois, voltou com três cartões.

– Entrem rápida e discretamente – ele recomendou. – O pessoal que foi roubado vai chiar, e é bom que vocês estejam lá dentro quando isso acontecer. Furem a fila se precisar.

Aproximamo-nos da entrada do hotel. Uma pequena fila, de umas cinquenta pessoas, estava formada, aguardando o início do espetáculo. Dali a pouco mais de cinco minutos, as catracas eletrônicas seriam liberadas.

Lembrei-me de um truque que fiz uma vez numa fila muito maior, na entrada de um show de rock. Comentei-o com Ana e Miriam, e fomos tentar...

As pessoas que vão em grupo a algum evento sempre conversam na fila. O que fizemos foi ficar batendo papo entre a gente, próximos aos primeiros lugares da fila. Porém, estávamos de ouvido nas animadas discussões de um grupo de jornalistas especializados em música. Ajustei a nossa conversa de forma a parecer que fôssemos uma extensão daquele grupo. Pouco a pouco nos integramos... Quando a fila começou a andar, ninguém estranhou nossa presença ali.

Transpusemos o primeiro obstáculo. O interessante é que, logo após termos passado a catraca, um dos jornalistas que conversava com a gente perguntou-me:

– Não me lembro de onde eu o conheço...

– Ora! Da fila! – respondi, me afastando rapidamente, enquanto ele pensava...

O segundo obstáculo estava agora à nossa frente: a recepcionista.

Fui olhar o nome no convite. Era de um japonês! Mesmo que eu a enganasse na apresentação dos documentos, era evidente que eu não tinha olhos puxados!

O que eu devia fazer era engambelá-la o suficiente e pegar o crachá de outra pessoa. Precisava da ousadia de mostrar um cartão com um nome e dizer outro.

Tentei puxar assunto com ela. Foi atenciosa, até entrou na minha conversa, mas notei algo: enquanto conversávamos, percebi sua mão indo para baixo do balcão. Suspeitei de um alarme. Logo em seguida, percebi uma movimentação dos seguranças!

Não pensei duas vezes, peguei Ana e Miriam pelo braço e corri como nunca! Os seguranças, antes discretos e misturados no meio do público, saíram correndo em nosso encalço.

Nem olhei para trás. A minha sorte é que havia no saguão uma exposição de quadros e os biombos que serviam de suporte para as pinturas formavam um pequeno labirinto! Conseguimos atravessá-lo e chegamos aos elevadores. Esperá-los? Nem pensar! Tínhamos que ir pela escada!

Subimos um andar. Tentamos nos manter discretos, apesar da roupa de gala...

Observei o lugar, não havia ninguém ali. Notei que, de uma porta, entravam e saíam empregados do hotel. Quando percebi que o movimento de empregados parou, entrei. Era um vestiário, com uniformes de todas as funções! Não tive dúvidas: duas camareiras e um carregador de malas!

As roupas de gala foram acondicionadas em cabides e penduradas numa arara com rodinhas que estava ali disponível. Saímos os três. Um serviço de quarto completo! E seria para o camarim do sr. Alexandre!

Descemos pelo elevador de serviço. O show já devia estar começando. O sr. Alexandre não estaria no camarim e, portanto, não se incomodaria que o usássemos...

Voltamos a nossas velhas roupas de gala. Apesar da correria, elas não ficaram amarrotadas.

Deveríamos esperar pelo intervalo e tentar forçar nossa entrada na segunda parte.

Estávamos tensos... Era preciso relaxar. Comecei então a fuçar nas coisas do sr. Alexandre. Nada de interessante... Miriam se entretinha em montar seu Sublime... Achei então o bar... Uísque escocês, champanhe francesa, cerejas do Japão. Uma coleção de cervejas de várias procedências... O homem tinha bom gosto. Não resisti. Preparei um drinque para cada um. Pudemos nos descontrair, então. Um papo agradável ajudou-nos a matar o tempo até o intervalo.

Minutos antes, apagamos os sinais da nossa presença e nos escondemos por trás dos cenários. Ouvimos os últimos aplausos... Dali a alguns segundos, ele deixaria o palco para voltar dentro de dez minutos. Aguardar esses minutos foi realmente uma tortura... O tempo parecia interminável.

Sons de aplausos ecoaram. O sr. Alexandre acabara de entrar no palco... Era agora ou nunca... Miriam começou a chorar... Ana abraçou-a e transpusemos o cenário.

Os aplausos foram parando... O sr. Alexandre percebeu algo estranho e virou-se para trás, finalmente nos vendo.

Ana, abraçando Miriam, falou num tom suficientemente alto para ser captada pelo microfone do palco:

– Miriam, não importa se está com medo ou não, você vai ter que tocar, sim!

– Sim! – continuei. – Não acho justo que seu avô tenha preparado tudo isso para que você pudesse tocar e você não toca!

Virei para a plateia e disse:

– Insistam para que ela toque! É importante para o sr. Alexandre, no dia de seu aniversário, que sua neta toque!

Alexandre estava abobalhado, sem reação... O público começou a gritar:

– Toca! Toca!

Miriam então se posicionou no palco. Alexandre, rendendo-se aos apelos do público, convidou-nos então a sentarmos junto com ele na primeira fileira, que estava reservada para seus convidados.

Pouco a pouco, os sons de seu instrumento, habilmente manipulado, foram nos levando a um estado alterado de consciência.

Lentamente, muito lentamente, tive a sensação de ser transportado dali. As imagens ficaram difusas, foram perdendo a nitidez, como se estivessem fluindo. Em seu lugar foi se formando um céu estrelado. O escuro foi sendo pontuado por cada vez mais estrelas, até que se formou o braço de uma galáxia... Senti então uma sensação de movimento e de afastamento ao mesmo tempo. Estava me afastando enquanto a galáxia se movia. Fui tomando conhecimento da sua forma espiralada enquanto ouvia sons harmoniosos... Fui percebendo uma sensação de paz bastante profunda... Senti-me como parte integrante de todo o universo... Pude ver não uma só galáxia, mas várias... O número de galáxias foi aumentando... aumentando... até que tudo se tornou brilhante. E, por trás do brilho, comecei a ver de novo o palco, que, lentamente foi ressurgindo... Vi o rosto de Miriam... Um sorriso de felicidade e... uma piscada maliciosa, como se ela dissesse "deu tudo certo, seu safado!".

Alguns segundos até que a plateia se recuperasse por completo da experiência e... uma explosão de aplausos! Quase cinco minutos! Todos de pé! Até o sr. Alexandre, que agora subia ao palco para cumprimentar Miriam...

Ele, no meio da gritaria do público e dos aplausos, tentava inutilmente falar alguma coisa: negar seu parentesco com Miriam!

Ana e eu subimos ao palco. Ana disse qualquer coisa no ouvido de Alexandre. A partir daí ele parou de tentar se explicar e abraçou a moça.

Miriam teve que tocar por mais vinte minutos. Alexandre voltou-se então para a plateia, após um longo período de aplausos, e disse:

– Hoje não é meu aniversário. Contudo esta moça, com todo este talento e esta força de vontade para vencer, esta criatividade incomensurável, só pode ser minha neta!

Os aplausos o silenciaram por alguns segundos. Quando ele sentiu que seria ouvido, continuou:

– É a qualidade mais importante desta moça. Ela não disse "ele é insuperável, portanto, posso no máximo igualar-me a ele, imitando-o", mas disse "eu posso fazer diferente".

Nova onda de aplausos. Agradecimentos de Miriam e de Alexandre. A cortina descia. A partir de então, a história da música, principalmente do Sublime, estava definitivamente mudada...

Anima

Talvez você ache estranho ler isto aqui, já que eu não existo. Percebo a sua surpresa. Explico: só não existo neste nível de realidade onde você vive.

Ah... não! Não sou espírito, nem anjo ou algo semelhante. Aliás, detesto isso de psicografia. Tá certo que é meio difícil imaginar como eu poderia escrever sem usar esse recurso. Mas, por ora, aceite esta explicação.

Então o que sou eu?

Uma mulher. Imaginária. O fruto de uma fantasia erótica de um homem. Ele talvez daqui a pouco durma. E sonhe. Talvez comigo.

Poderei então observá-lo. Há pouco eu estava irremediavelmente ligada ao seu desejo e fiz tudo o que ele quis. Não que isso fosse ruim. O desejo dele era que eu também desejasse. E que me saciasse. E isso é bom!

Na realidade não transei exatamente com ele, mas com uma imagem idealizada dele mesmo. Será que este homem idealizado conseguiu libertar-se e existir por conta própria? Talvez um dia possamos transar enquanto ele dorme. Me divirto em pensar que se trataria de um sonho erótico.

Mas eu tenho minha própria fantasia. Transar com ele, não com a sua imagem idealizada.

Você deve achar estranho uma fantasia ter fantasias.

Nós temos sentimentos, sabia? Se fôssemos ocas, sem vida, não teria graça. Um filme pornô bastaria para saciá-lo. Mesmo assim, ainda há um pouco de imaginação sua fluindo e alimentando as figuras femininas ou masculinas que você vê no seu vídeo.

Já deve ter percebido que estou falando de você.

Não, não se assuste. Você está dormindo. Curta esta conversa como se fosse um sonho erótico.

Já está me vendo, não é? Talvez você seja o único homem do mundo que imagine a sua musa com cabelos castanhos. O cinema estragou um pouco a diversidade. As loiras dominam a arte da libido. As de cabelos negros e brilhantes aparecem com um certo destaque. Mas, onde estão as ruivas e nós, as brunettes?

Nem adianta esconder isso. Eu sei que você já fantasiou com elas também. Mas eu também sei que sou a sua preferida.

Isso não vai durar pra sempre. Você vai me curtir até arrumar alguma amante de carne e osso. E isso está perto de acontecer. Não se preocupe. Não tenho ciúmes. Você sempre volta pra mim quando as coisas não vão bem. E também é meu papel prepará-lo para escolher bem a sua amante.

Eu estava com você quando ficou excitado ao vê-la. Ela pelo menos tinha cabelos castanhos e era bonita, sim! Uma voluptuosa brunette. Como eu. Aliás, você fantasiou naquela noite tentando aproximar a figura dela da minha.

Por isso, eu te quero hoje. Um último sonho. Mas deixe-me conduzi-lo. Suas histórias tinham fim, mas não tinham começo.

Eu sei que você tinha pressa. Por isso, eu aparecia nua logo no começo da história. E você também estava. Agora eu o imagino vestido. Com terno e gravata. Pronto pra uma festa qualquer, mas eu vou atrasá-lo de propósito.

Eu também estou vestida para acompanhá-lo. Ambos sabemos que a coisa vai ser chata e tomar toda a nossa noite. Os sapatos irão me apertar o pé, e chegaremos em casa exaustos. Com o burburinho de conversas aborrecidas na cabeça e esta cheia de coquetéis que bebemos para ter o que fazer. Nada de sexo...

Mas não! Eu o puxo pela gravata. E o beijo. Você resiste, pois acredita ter compromissos sociais inadiáveis. Seu patrão estará lá com a nova esposa. E ele o considera um jovem e talentoso executivo. Ele é gay, eu lhe garanto. Por isso dá essas festas, para ter uma desculpa para não trepar com sua jovem esposa.

Você sorri, mas não cede. Você me diz:

– Já estamos prontos. Vamos logo!

E se dirige à porta. Minha resposta vem rápida:

– Você está pronto, mas eu não!

Atiro meus sapatos apertados, jogando-os longe. Você finge zanga e os apanha, trazendo-os de volta para mim. O engraçado é que em muitos filmes pornográficos a moça fica nua, mas de sapatos... Poucos homens têm taras por pés, mas como alguns têm e alugam filmes, as moças ficam de sapatos. Os outros não se importarão.

Mas é que eles não pensam nas mulheres. Elas gostam de exibi-los, mas não gostam de vesti-los. Principalmente os apertados.

Quando você se aproxima, tiro meu colar e o ponho dentro de um pé do meu sapato. Viro de costas e abro o zíper, bem de-va-ga-ri-nho.

Meu vestido está no chão. Eu piso sobre ele para amassá-lo bem. Haverá tempo agora? Você me olha surpreso, mas também excitado.

As meias eram o próximo passo. Diretores de cinema talentosos sabem como tirar proveito destes momentos. As meias não escondem nada, mas a arte de tirá-las e vesti-las as transforma num excelente acessório de sedução. Isso sim excita homens e mulheres. Uso todo o meu charme para despir as minhas pernas.

Sempre desejei fazer-lhe um striptease, tirando lentamente a roupa como faço agora. Te excita? Por que nunca imaginou isso? A pressa... Você precisa desta lição. A garota de seus sonhos deseja um clima. Eu? Também. Mas falo da garota de carne e osso com quem você irá se encontrar.

Você já me deseja, mas ainda se sente preso ao compromisso, por isso continua vestido, embora olhando-me extasiado.

Tiro meu sutiã. Eu sei que gosta muito de observar meus seios e os exibo orgulhosa para você. Toco os mamilos de leve, deixando-os excitados. Se isso estivesse por sua conta, você teria me agarrado, jogado no chão e feito amor comigo, de forma afoita e selvagem. Isso é bom, mas quero a coisa devagar e imagino você paralisado pelo desejo de me ver nua.

Sento-me no sofá, numa pose mista de recatada e safada. Coloco então a mão dentro da calcinha e toco meu clitóris de leve. Seus olhos brilham, revelando outra fantasia oculta. Demoro-me um pouco naquele jogo, despindo por fim minha calcinha.

Você começa a despir o paletó. Eu faço um sinal de não com o dedo. Quero que você fique vestido. Peço-lhe para se aproximar. Abro o zíper de sua calça, libertando seu membro da prisão. Toco-o com os lábios e o sinto latejar. Sugo-o então. Ah... como é bom!

Deixo-o finalmente penetrar-me, pedindo para que o faça devagar. Imagino-o sentindo minha maciez e eu sentindo a sua firmeza. Libero-o então para conduzir o jogo imaginativo, mas você já aprendeu como eu desejo. Bem devagar...

Você e eu gozamos juntos. Sinto tanto prazer que mordo meus próprios lábios.

Você continuou com as carícias, mesmo depois do gozo. Terminamos a noite abraçados.

Vou fazer uma pergunta clichê: "Foi bom para você?".

Para mim foi, mas, infelizmente, terei que escorregar de novo para dentro de seu inconsciente, deixando esta carta, digamos, psicografada, em seu criado-mudo. Sugiro que a leia e destrua. Sua nova garota não pode saber que teve um caso com seu próprio *Anima*.

Vai ficar melhor quando o vir impresso... e quando colocarem aqueles números

Cansei desta piada a respeito do meu trabalho. Pintar quadros para calendários. Uma maneira de um pintor, cujo talento não foi reconhecido ou simplesmente é medíocre (dependendo com que severidade ou indulgência se julgue), ganhar a vida.

Não é um trabalho tão ruim. Gosto de pintar flores, animais e paisagens. O duro é ter como concorrentes as fotografias de mulheres nuas. Talvez seja por isso que eu deteste pintar santos...

Um dos meus clientes, que costuma me presentear com uma coleção completa de seus calendários todos os anos, conta sempre a mesma história. Um dia ele deu dois calendários para um amigo. O amigo abriu um deles, viu as imagens, todas reproduções de santos (ele garante que era um dos meus), e, ainda fechado, deu o outro para sua mãe. Sua mãe lhe respondeu: "Estas mulheres são muito bonitas, mas eu acho que este calendário não vai ficar bem na minha cozinha".

Ele ri muito. A história é realmente engraçada, mas, como ele a conta todas as vezes, acaba ficando tão maçante quanto olhar para a mesma mulher nua um mês inteiro. Aliás, nem sei por que os mecânicos mantêm o mesmo calendário, coberto de pó, ano após ano, até as cores esmaecerem completamente.

De qualquer forma, devo agradecer ao meu mecânico por a ter conhecido, ou melhor, reconhecido.

Uma noite ela estava lá, no bar para deprimidos solitários (era assim que meu amigo chamava o lugar). A garota do calendário da oficina mecânica estava sentada sozinha (como todos) em uma mesa. Num primeiro momento ela apenas me pareceu familiar, mas não a reconheci. Afinal, ela estava vestida e não estava desbotada. A sensação da familiaridade me fez dar a tradicional cantada: "já não nos vimos em algum lugar". A resposta veio rápida e ríspida:

– Eu nunca te vi, mas você deve ter me visto. Como todos que chegam perto de mim. Sou a Maio de 98, Fevereiro de 99, Agosto de 2000 e Julho de 2001 do calendário da Metalúrgica Santana. E estou sem posar desde então. A Metalúrgica Santana trocou mulheres por carros a partir de 2002.

Fiquei sem ter o que falar. Ela sorriu.

– Me desculpe, é que estou meio cansada de ver minha foto até na oficina onde levo meu carro. Pior que ser reconhecida vagamente é não ser reconhecida quando se está ao lado da própria foto. Meu mecânico nunca me reconheceu...

– Talvez ele apenas esteja sendo discreto – comentei, tentando manter a conversa. Provavelmente o encontro já tinha dançado.

– Não... com certeza. Ele já tentou me dar algumas cantadas bem mais grosseiras do que "eu já te vi em algum lugar".

Ela riu. Eu também. O gelo estava quebrado. A conversa rolou leve e solta. E começamos a comparar nossas vidas. Tínhamos algo bastante em comum. Estávamos ambos frustrados com o que fazíamos. Eu gostaria de pintar outras coisas, e ela, ser atriz, e, se tivesse que posar, que fosse para a *Playboy*. Então eu a convidei. Já que ela posava, que posasse para mim, e eu a pintaria. Ela riu.

– Você quer que eu tire a roupa logo no primeiro encontro? A gente nem se beijou!

Senti meu rosto esquentar e devo ter ficado vermelho. Ela riu de novo e me beijou.

– Pronto! Nosso compromisso está selado!

Continuamos a conversar sobre a ideia da pintura. Isso era excitante para nós dois, estávamos estimulados por uma coisa que nos tiraria da mesmice das nossas vidas. Há quanto tempo eu não pintava um modelo feminino? Acho que desde as aulas de pintura. E ela nunca tinha posado para algo que não fossem fotos malfeitas. Eu não era o fotógrafo da *Playboy*, nem ela a Playmate do Ano, e talvez os retratos que eu fizesse dela nunca saíssem da parede do meu ateliê, mas era gostoso fingir que eles estariam expostos numa grande galeria, e eu e ela ficaríamos famosos.

Naquela noite não rolou mais nada além daquele beijo e da troca de telefone. Ela pediu pra eu ligar assim que eu tivesse um tempo para começarmos a pintura. Eu tinha todo o tempo do mundo, mas meu ateliê estava péssimo, fruto da minha frustração com meu trabalho. Há meses ele não via uma vassoura. Passei o dia limpando e organizando o espaço para recebê-la.

Quando ela chegou eu não sabia muito bem o que fazer. Afinal, nos últimos anos, meus modelos tinham sido apenas garrafas, vasos, flores, frutas e algumas fotos de paisagem, pelos quais eu não tinha o menor desejo.

Ela parecia divertir-se com minha timidez.

– Não vai me convidar para entrar?

Com um gesto teatral apontei para o interior do aposento. Ela olhou os cavaletes, quadros semiacabados, meu modelo anterior (um vaso de violetas) e comentou:

– É bem diferente de um estúdio fotográfico. Você vai ter que me orientar como fazer. Afinal, não tenho muita experiência com pintores...

Ainda sem saber muito bem o que fazer, disse-lhe:

– Sinceramente, não tenho muita experiência com modelos também. Nas aulas, a gente chegava com a modelo já nua. E tinha o professor, com um ar sisudo, tirando o tesão de qualquer um.

– E o que ele falava?

– Que a gente tinha que ser profissional...

– Então, seja profissional. Se eu fosse um vaso de flores, por onde você começaria?

–Vasos não tiram a roupa.

Ela me olhou com ar de fingida reprovação. Eu, ainda meio sem jeito, emendei:

– Não vai ser agora, não... Posso fazer alguns esboços a lápis e...

– Fotógrafos são mais rápidos.

Resolvi entrar no jogo.

– Um verdadeiro artista nunca é rápido. Um pintor capta também a alma de seu modelo.

– Você já a tem.

A última frase foi dita num sussurro, enquanto ela aproximava o rosto do meu. Senti que deveria continuar mantendo-o a distância, valorizando a sua sedução.

Afastei-me dela, indo em direção à mesa onde havia alguns pincéis e comecei a discorrer sobre a função de cada um. Seu rosto agora era um misto de zanga e curiosidade. Escolhi um e me aproximei dela, dizendo:

– Mas um pincel não é nada se não houver a tela. Eu costumo comparar a tela com a pele de uma mulher. Talvez por isso eu não goste de pintar santos...

Ela sorriu enquanto eu abria os botões de sua blusa, descobrindo seus seios. Deslizei o pincel sobre sua pele. Nunca imaginara que pintar poderia ser tão prazeroso. Ela também. Cada toque deixava-a arrepiada.

– Queria que a tela que vou pintar transmitisse isso!

Toquei levemente seus mamilos, primeiro com o pincel, depois com os lábios. Ela gemeu baixinho, insinuando que eu despisse o restante da roupa. Percorri seu corpo com meus lábios, excitando-a o mais que pude. No seu clitóris toquei-a com o pincel, com toda a delicadeza possível.

Ela não se conteve mais e praticamente arrancou minha roupa. Rolamos pelo chão, derrubando cavaletes, telas, tintas... A iniciativa agora (agora?) era dela.

Parecia querer me devorar, com a boca, com as mãos e com seu sexo. Transamos durante quase uma hora, gozando várias vezes. Terminamos exaustos no chão do ateliê, abraçados.

Ela continuou posando durante quase um mês e terminamos o quadro, apesar das constantes interrupções para fazermos coisas mais interessantes.

Se tivemos sucesso? Sim! Um dia, após uma tarde exaustiva de trabalho (e sexo), tivemos uma ideia: pintar o tema de nossas vidas, um calendário de parede de uma oficina mecânica. Eu fui com ela conversar com meu mecânico e pedir permissão para usar algumas fotos no nosso quadro. É lógico que ele ficou com uma cara de "eu já a vi em algum lugar"...

Pintei uma série de quadros com ela dentro de calendários em paredes de oficinas. Conseguimos uma exposição, primeiro num pequeno espaço, depois em uma grande galeria. Para ciúme dela, várias modelos se ofereceram para posar. É claro que eu aceitei, mas desta vez foi extremamente profissional, afinal, não poderia deixar de sê-lo com a supervisão da, agora, minha esposa.

O engraçado é que um dos primeiros comentários que ouvimos foi:

– Ficaria melhor sem aqueles números.

Lua

Eu olho para a Lua e me lembro dela. Ela amava a Lua. Em qualquer das fases. Mas a preferida era a cheia e brilhante. Se fosse uma loba, uivaria para ela.

Hoje a Lua é cheia. Aguardo-a. Hoje eu a deixarei me morder.

Nascimento

Por um instante ele hesitou em trazer-lhe à vida. Parecia tão frágil, tão despreparado para o mundo... Mesmo assim fez o gesto que o traria à luz. Escutou então uma voz zombeteira falando-lhe:

– Este ser vai lhe dar muito trabalho.

Não teve tempo, porque a Serpente já fugira, esgueirando-se para algum canto do Paraíso.

Psicografia

– Seu desgraçado! Você está arruinando minha reputação com estas porcarias que diz que são minhas!

– Q-q-quem é você?

– Sou Van Gogh, claro! Consegui um visto pra descer e ajustar contas com você!

O grande mestre larga o assustado pintor para trás, enquanto destrói, um a um, os quadros, desvanecendo em seguida.

O pobre pintor abandonou a pintura psicografada e passou a escrever livros de autoajuda, morrendo de medo de que o fantasma de Freud voltasse para tomar satisfações...

Palácio colorido

Ela vivia num mundo de cores vivas e brilhantes, num palácio de cristal com um vidro mágico que a fazia enxergar o mundo todo, bastando desejar. Algo lhe faltava, contudo. Então, desligou o computador, abriu a porta e deixou o mundo entrar.

Tela em branco

Sou um artista. Um iconoclasta. Pinto para destruir. Primeiro, conceitos estéticos. Depois, valores: religiosos, morais, políticos. Não contente com isso, destruí o amor. Só me resta agora esta tela em branco. Nada para pintar, pois não há nada mais para destruir...

O chamado da floresta

– Conte outra vez, mamãe, do dia que cheguei aqui...

O menino me perguntava mais uma vez pela história que eu repetia há muito tempo.

– Você tinha 10 anos e não falava. Só rosnava. Os homens que o trouxeram me disseram que você podia ser meu filho recém-nascido que eu perdera havia dez anos. No começo desconfiei, pois achava que meu filho tinha morrido naquela mesma noite do ataque. A noite em que vi a alcateia.

Como sempre o menino, agora um rapaz, me interrompeu:

– Conte-me mais sobre aquela noite.

A resposta que dei não foi a mesma que ele vinha ouvindo sempre:

– Aguarde, eu não vou contar a mesma história. Hoje eu contarei a verdade.

O menino arregalou os olhos, mas não se atreveu a perguntar qual seria a verdade. E continuei a história:

– Dois homens o traziam como se fosse um animal selvagem. Percebi o ódio em seu olhar. Deduzi que fora maltratado. Me contaram que o tinham capturado poucos dias antes. Meninos-lobos não eram comuns na região. E minha trágica história do filho desaparecido em meio aos lobos foi a única de que lembraram. Eu não tinha qualquer esperança de achar meu filho. E durante dez anos eu tentara esquecer a violência com que me fora tirado.

"Você praticamente foi jogado dentro de minha casa e os homens nem esperaram por um sim ou não. Mas meu instinto materno falou mais alto. Mesmo que não fosse meu filho, precisava ser acolhido. De certa forma, era. Sua história indicava isso.

"Você reviveu outra coisa além de meu instinto materno. Você acordou a bruxa que eu deixara de ser naquela fatídica noite. Um encantamento ajudaria a dar-lhe as palavras para que pudéssemos nos comunicar. Dei-lhe a voz que agora você tem. Tentei, então, saber de você a verdade, porém suas lembranças do incidente haviam se dissipado.

"Com o passar do tempo, o nosso amor foi crescendo e uma certeza surgiu: você realmente estava lá. O que torna o dia de hoje muito cruel para nós dois."

Os olhos do rapaz expressavam sua dúvida diante do que eu falava. Senti que devia me abrir, por mais que doesse.

– Meu filho, desculpe se o chamo assim, mas me sinto sua mãe de fato. E de certa forma sou responsável pela sua existência.

"Sou uma bruxa. As pessoas me procuravam para aliviar seus males, e eu as ajudava com meus encantamentos. Garantia a saúde e a colheita da comunidade. Foi quando um homem, um fanático religioso, me apontou como a origem de todo o Mal. O seu discurso inflamado mexeu com a emoção das pessoas e a comunidade pacata se transformou num poço de ódio. Um ódio direcionado a mim. Completava a história o fato de que eu, mesmo sem estar casada, estava grávida. O homem primeiro me qualificou como adúltera. Depois que o meu filho ainda não nascido seria a encarnação do demônio.

"Um dia, um grupo de homens armados com paus e pedras, liderados pelo fanático, cercaram e depois invadiram minha casa. Corri para fora, apesar do estado avançado de minha gravidez. Vez por outra uma pedra me atingia a cabeça ou as costas. Contudo, a dor física não era maior que a dor da intolerância.

"A perseguição me levou à floresta. Pensei que, se corresse em direção ao temido lar dos lobos, eles me abandonariam. Mas não! Corriam e corriam, gritando palavrões e blasfêmias. Caí, cansada da perseguição. Em poucos segundos senti a presença deles, e logo a seguir, as primeiras pauladas. Meu pensamento foi em direção ao meu filho. A necessidade de salvá-lo me deu forças e me ergui já gritando as primeiras sílabas de um poderoso encantamento. Isso os fez hesitar. Percebi que o simples medo de minha feitiçaria não os faria desistir. Então continuei com as minhas fortes imprecações. Repentinamente eles me viraram as costas e correram. Percebi que não fora eu a causa de tamanho terror. Olhei para trás e vi então o grande lobo que os assustara. Meu instinto falou mais alto. Terminei o encantamento e o lancei ao lobo.

"Rapidamente percebi meu erro. Os olhos do lobo me revelaram que ele estava ali para me proteger. Porém, não podia mais deter o feitiço de morte que lhe lançara. Rapidamente decidi mudar o encanto para transformação, o que me daria tempo para corrigir o erro.

"O encanto atingiu o lobo em cheio. Pude observar sua transformação em um bebê. A minha preocupação com meu filho fizera escolher esta forma inconscientemente. Sorri com o resultado e desmaiei em seguida.

"Quando acordei estava só. Vi no chão pegadas de lobos e sinais de que tinham arrastado a criança.

"Isso era terrível, visto que só poderia desfazer meu feitiço depois, em condições astrológicas favoráveis, e as chances de achar esta criança-lobo eram diminutas.

"Arrastei-me até a cabana, onde, poucas horas depois, dei à luz um menino. Ele logo morreu, vítima das várias pancadas que meu ventre sofrera.

"Enterrei-o na floresta, seguindo um antigo ritual. Amarguei minha dor sozinha. Meses depois as pessoas começaram a me procurar como antes. Soube que o fanático religioso fora linchado pela população após ter estuprado uma menina. Muitas das pessoas que me procuravam mostravam em seu rosto culpa e vergonha. Poucos tiveram coragem de perguntar o que tinha acontecido com a criança. Contei-lhes que dera à luz na floresta e que os lobos o haviam levado. E que não faria mais magias."

O menino observou-me com os olhos cheios de lágrimas. Os mesmo olhos de lobo que, anos antes, me encararam surpresos com minha atitude.

– Por que não me contou antes? – perguntou-me, triste.

– Porque somente hoje, meu filho, haverá a conjunção astrológica favorável para eu desfazer meu feitiço e devolver-lhe sua verdadeira natureza.

– Mas eu não quero ser um lobo...

– Não, meu filho! Sua verdadeira natureza irá se manifestar. Suas lembranças da vida selvagem virão. Sentirá falta de seus companheiros e desejará correr e caçar.

"Consulte seu verdadeiro eu. Olhe pela janela e veja a lua cheia o chamando para uma caçada, ao lado de uma grande matilha."

O menino olhou pela janela, e percebi que começava a se lembrar. O lobo dentro dele estava acordando.

Filha da Lua

O Grande Vento precedia à Grande Tempestade. Ela, Filha da Lua, fora escolhida para levar a pedra de raio no ponto mais alto e roubar o fogo dos céus para a tribo. Ela não tinha medo, apesar de saber que muitas vezes os Deuses fulminavam o Escolhido. Em outras, simplesmente ignoravam as súplicas, e o seu povo ficaria mais uma vez sem fogo. O Escolhido então era punido com a morte pelo fracasso.

Mas não ela. Tinha confiança em si mesma. Aprendera a observar os sinais dos Deuses e sabia quais caminhos percorrer para não ser atingida antes da hora. Hora que ela escolhera para depositar a pedra de raio no altar. O povo confiava nela, desde a primeira vez em que, ainda uma menina assustada, levara a pedra de raio para o altar.

O céu já escurecera e ela sabia que o primeiro raio logo cairia. Apressou o passo e numa pequena pedra solta seu pé falseou e ela caiu. Assustou-se. Perderia o momento que ela tão sabiamente calculara? Não! Ela era Filha da Lua! Um raio atingiu uma das árvores próximas. Ela ergueu-se com dificuldade: torcera o tornozelo e isso atrasaria seus passos. Outro raio, agora mais perto dela. Concentrou-se e superou a dor. Afinal, seu povo dependia dela. Com esforço, correu mais alguns metros, alcançando o altar. Madeira seca aguardava que um providencial raio caísse e iniciasse a queima. Fazendo mentalmente as orações, depositou com cuidado a pedra no lugar apropriado. Enquanto fazia suas orações, perguntava-se se o tempo perdido não a atrasara a ponto de o raio a pegar desprevenida. Mas não ousou abreviar as orações. Seguiu o rito até o final. Segundos depois, um gigantesco raio atingiria o altar. Um brilho ofuscante e um estrondo violento a jogaram longe. Filha da Lua caíra no chão.

Acordou horas depois, já na aldeia. O povo fez-lhe uma grande festa. Tinham fogo. E agora Filha da Lua não mais seria a Escolhida. Ela seria a Grã-Sacerdotisa. Quando soube, ficou apreensiva, pensando na responsabilidade que teria, pois dali pra frente era ela quem escolheria...

Desejo molhado

Ela estava andando na rua quando a chuva a surpreendeu. Pensou em procurar um abrigo, mas, num súbito desejo, deixou a chuva cair sobre sua cabeça. Parecia escutar a voz de sua mãe, gritando:

– Menina, sai da chuva! Você vai ficar resfriada!

Ela sempre entrava aos primeiros pingos, nunca se permitindo, nem uma vez, se molhar.

A chuva não era formada por grossos pingos, mas incessantes e em grande quantidade. Ela estava molhada. "Até os ossos", pensou. Olhou o braço, e a blusa branca molhada estava transparente. Sorriu. Imaginou que os homens a observavam, vendo seu corpo através da roupa molhada. Na verdade, ninguém prestava atenção. Todos estavam procurando algum abrigo e passavam por ela indiferentes. "Não importa", pensou, "na minha imaginação tudo pode acontecer".

Parou para olhar uma vitrine. Uma joalheira. A água escorrendo no vidro tornava as joias mais brilhantes, como se estivessem no meio de uma névoa. "Pedras de sonho." Lembrou-se do namorado. Ex. Não tanto, ainda havia uma pequena esperança de ele voltar. Talvez não valesse a pena. Ele jamais se sensibilizaria com a imagem de uma joia envolvida em névoa. Nem com passear na chuva, mesmo se pudesse ver o corpo dela molhado.

Foi então que viu o rosto de um rapaz refletido no vidro. Molhado, como ela. Olhava com olhos brilhantes. Para ela? Ou para a vitrine? Queria que seus olhos fossem para ela. Encabulou-se com seu pensamento. Devia ter ficado com um rubor nas faces. Ele percebeu e sorriu, aproximando-se mais um pouco. Ouviu novamente a voz da mãe:

– Se cuida, menina, os homens são todos sem-vergonha!

Sorriu mais uma vez. Uma chuva não quebra ossos, um rapaz com desejo por ela não poderia ser sem-vergonha. Queria-o mais perto. Ele novamente percebeu. Novo rubor. Podia sentir seu rosto junto ao seu, mas não se atreveu a se virar para ele. Sentia o respirar dele acompanhando o seu. "Sinal de paixão", pensou. Quem acompanhava quem? Ele estava bem perto. Podia sentir o calor de seu rosto quase a tocar o seu. A água da chuva no cabelo dele pingava em seu ombro. Parecia sincronizada com o bater do seu coração. Agora um pouco mais acelerado. O brilho das joias, o brilho no olhar. O respirar dele junto com o dela. A água da chuva nos cabelos dele, nos ombros dela. Os pingos. O coração. O desejo. Um beijo. Longo.

A chuva. A menina com vontade de brincar. A adolescente com vontade de amar. A joia. Enevoada. Pela chuva. A mulher que se vê menina. Um beijo furtivo. Na rua. Na chuva.

Chuva

Olho da janela e vejo gotas caindo do céu. Aparadas pelo guarda-chuva. Frio. Umidade. Chuva.

Ninguém devia andar pelas ruas debaixo de uma chuva fria e intensa. Nem ela. A moça. Talvez ela tivesse um motivo forte. Qual seria? Fiquei imaginando que compromisso a faria sair num dia como este. Talvez algo sério. A mãe ou um filho doente. Afastei este pensamento. Uma moça como ela não merecia sofrer.

Já que estava imaginando, poderia dar-lhe um enredo feliz. Ah! Um encontro. Ela, muito apaixonada, sairia na chuva para encontrar seu amado. E ele? Se fosse preguiçoso e detestasse chuva como eu, não poria o nariz pra fora.

Olho para ela e tento adivinhar-lhe os traços. A roupa pesada e a chuva densa a escondem. Mas seu andar cuidadoso e elegante me faz imaginar uma bela moça.

Motivação forte para um homem sair de casa num dia como este. Ela parou! Está esperando. Deve ter chegado ao ponto combinado. Mas por que se encontrariam no meio da chuva? Um amor proibido? Ou apenas uma fantasia romântica?

Não esperou muito. Apareceu alguém. Não era quem ela esperava.

Eu realmente achei um bom motivo para sair de casa num dia como este.

Ronda

Saíra em busca dele pelos bares da cidade, lembrando-se da música "Ronda" e da mistura de amor e ódio que sentia por ele. O compositor certamente não pensara num casal como eles. Cientistas brilhantes. Ele, um físico, e ela, médica. Trabalhavam juntos em um projeto, no mínimo, polêmico. Ela odiava a insegurança dele. Em momento cruciais de crise ou de limiar do sucesso, ele fugia em busca de botecos de quinta onde qualquer bobagem que falasse era motivo de aplauso. Normalmente ela ia de bar em bar até encontrá-lo e levá-lo bêbado e inconsciente para casa. Só que desta vez ela o encontrou morto, deitado de bruços na sarjeta, com a cara na água imunda. Vítima provável de assalto.

Levou-o para casa assim mesmo, e examinou os ferimentos. Uma pancada forte na cabeça devia tê-lo desacordado, mas a *causa mortis* era asfixia. Afogado numa poça d'água! Perfeito! Morto nessas condições ele poderia ser o primeiro a experimentar o invento dos dois: a máquina da ressurreição! O projeto Frankenstein!

Colocou-o na máquina e ligou os eletrodos. Sentiu falta dos raios. Riu. Os olhos dele se abriram. O medicamento – a contribuição dela – agora poderia ser injetado. Ele despertou num salto e pouco a pouco reconheceu o laboratório construído secretamente num dos quartos da casa.

– Eu estava morto e você me ressuscitou!

Sua voz era misto de surpresa e alegria com o sucesso. Mas durou pouco. Viu nas mãos da esposa um revólver. Cinco tiros foram disparados, e ele morreu sem entender, pois não ouviu a voz dela dizendo entre os dentes:

– Não poderia deixar para outros o gostinho de te matar!

O outro

Eu sou um policial. Era. Morri num tiroteio com assaltantes. Ou melhor, com ele. Eu o odiava. Não só por estar do outro lado mas por ser cruel demais. Até onde sei, ele também morreu. Será que nos encontraremos aqui, nesta antessala? Considerando o que aprendi quando criança, deveria perdoá-lo. Vai ser difícil. Me sinto fazendo uma barganha. Talvez eu esteja na antessala do Inferno e minha pena seja enfrentá-lo eternamente. Melhor não pensar nisso agora e aguardar o julgamento. Espero que desta vez não haja juízes corruptos, jurados amedrontados e advogados hábeis. Até que eu gostaria de um. Afinal, desta vez eu sou o réu.

A porta se abriu e um homem velho, de barbas, apareceu. Perguntei-lhe:

– O senhor é o juiz?

– Não. Não importa o que lhe disseram, aqui não há julgamentos.

– E ele? Onde está?

– Quem?

– O bandido que eu matei...

– Ah, sim. Não espero que entenda, por enquanto.

Você e ele, bandido e mocinho, o pai de família e o assassino, a luz e as trevas são duas faces da mesma moeda. Dois corpos e uma só alma...

Ela

Está escuro. É noite. Passo a mão no rosto. Barba de três dias. Estaria vagando por todo esse tempo? Não me lembro do que estive fazendo. Minha cabeça dói. Quem sou? Não sei.

Recordo-me apenas da briga no restaurante com ela. Ela quem? Podia ser minha esposa, namorada, amante, irmã, uma estranha. Lembro-me bem do rosto dela zangado e seus lábios movendo-se, minha reação cheia de raiva. Não sei exatamente o que fiz. Lembro-me de andar na rua, querendo esquecer tudo. Creio que os deuses ouviram minhas preces. Eles devem estar rindo no Paraíso.

Vou bancar o detetive examinando a mim mesmo. As roupas estão sujas, mas estão boas. Tenho dinheiro no bolso, e não são trocados, mas as notas estão bem amassadas e não estão numa carteira. Se eu achasse minha carteira, talvez encontrasse meus documentos e um endereço. Nada. Penso na possibilidade de ser fugitivo de um hospício. Rio da hipótese. Nesse caso, um pijama seria a roupa mais adequada, não calça social, camisa de mangas compridas, sapatos de boa qualidade e gravata. Três dias e ainda não joguei esta porcaria fora? Arranco-a na hora! Devo ser um executivo workaholic, e a briga pode ter sido com uma colega, uma cliente ou minha chefe. Neste caso estou desempregado, e é melhor continuar na rua...

Rio de minha "pseudodedução". Quero esconder o medo que estou sentindo. Melhor fantasiar um pouco. O rosto que vem à minha mente é de uma mulher jovem e bonita. Seria mais romântico se fosse uma briga de namorados. Mas tão forte a ponto de me fazer esquecer de tudo? Não! A relação tem que ser mais forte. Esposa, noiva, amante ou uma grande paixão. Ou tudo junto.

Olho para minha mão esquerda. Sou casado. Que droga de detetive! Um acontecimento dramático poderia ser minha esposa me surpreendendo com uma amante. Briga, tumulto e fuga. Da realidade que eu não queria enfrentar. Poderia ser o contrário. Eu encontrando-a com um amante. Droga! Senti ciúme! Aí está uma pista. Ela provavelmente é minha esposa.

Uma cena da briga vem à minha mente. Um tapa no rosto dela! Um homem levanta-se e se interpõe. Um amante, um amigo comum, o irmão? Ele está zangado. Olhei para minha mão e saí pela porta do restaurante. Preciso encontrá-la. Ela, certa ou errada, é o elo com meu passado.

Os deuses me ouvem mais uma vez. Um carro para ao meu lado. As portas se abrem. Ela sai. E ele. Raiva e alegria se misturam. Ela me abraça. Ele olha prudentemente à distância. Choramos. Minhas lembranças começam a chegar. Quem sou. O que aconteceu. Quem é ela. Choro mais ainda e digo:

– Me perdoe, minha filha!

Abrigo divino

Chuva torrencial lá fora. Eu, já meio molhado, havia entrado na igreja, evitando o volume maior dos pingos. Quanto tempo fazia que eu não entrava em uma igreja? Tanto que eu nem lembrava. Mais de dez (dias, meses ou anos?), com certeza. Não foi um afastamento por convicções, apenas um deteriorar paulatino. Como a maioria dos ateus de hoje, que ainda preenchem o campo "religião" com a palavra "católica".

A igreja quase vazia. Com realmente alguns gatos pingados. Um mendigo dormia e roncava num dos bancos. Uma velha senhora rezava um terço. Apenas um murmúrio. Talvez as palavras não lhe fizessem mais sentido. A fé por hábito ou apego. "Não há velho ateu", como dizia um amigo meu, velho e ateu-graças-a-Deus. Havia outros fiéis, ajoelhados ou sentados aqui e acolá, e alguns, como eu, à procura de um abrigo.

Pensei em metáforas involuntárias: a igreja como abrigo para uma chuva, a igreja vazia, a oração vazia, a alma vazia.

Não percebi a chuva passar, de tão absorto que estava em meus pensamentos. O sol, por trás dos vitrais com imagens de santos. Sua luz iluminou a igreja. Senti-me brindado com mais uma metáfora. Lembrei-me de uma definição de "santo" que ouvi quando criança: "através deles vemos a Luz".

Sorri e retomei meu caminho. Não nego que me senti um pouco mais leve após aquela parada, ainda que forçada, lembrando-me de "California Dreamin'".

Tempo

Vivo todos os instantes de minha vida como um só.

Do meu nascimento ao dia de minha morte.

Basta escolher o instante que eu quiser viver e fechar alguns olhos e abrir outros. Por baixo dos olhos do adulto maduro, há os olhos de um adolescente e, mais abaixo, os de uma criança. Por cima, há olhos de um velho. Fecho os olhos do velho para poder escrever, pois, como velho, já sei o que escrevi. Isso tira toda a graça. Como criança ou adolescente, eu ainda vou escrever. E me falta a motivação. O momento presente é mais importante (gosto mais de ficar por ali).

Por isso escolhi este instante em que sei que escrevi e continuarei a escrever, mas finjo que não sei. Aprisionado nesta existência, repetindo-a infinitamente, eu sei o que é eternidade. Não sei se as outras pessoas sabem. Creio que não. Olho em seus olhos e vejo apenas um par deles, o do instante em que estão vivendo. Anseio por encontrar outros olhos iguais aos meus. Um dia (um dia?) encontrarei. Será maravilhoso saber que não estou só.

Este livro foi composto nas fontes Museo e Perpetua e impresso em papel pólen 75g/m², na gráfica Assahi em agosto de 2010.